FLORET
READING

小花阅读

我们只写有爱的故事

青春阅读　幸得相见

大鱼

有爱的青春陪伴者

其实
我所有的
小脾气，
不过是仗着
……
你喜欢。
让我的
女孩
多蹭蹭
好运。

又绵子 著
你就仗着我喜欢
I like you
花山文艺出版社

又绵子

小 花 阅 读 签 约 作 者

生于冬季，重感情，绰号有面子的爱面子人士。

喜欢用相机记录生活瞬间。

喜欢一切光怪陆离的故事。

微博：@又绵子

ZUOZHEJIANJIE

目录

目录

Chapter 01 绯闻对象

上帝关上了门窗，
还会留下一个狗洞

NIJIUZHANGZHEWOXIHUAN

1

初秋的凉意尚未浸透这座城市。

凉风融合着湿热的暑气，像裹了层糖浆一样黏黏答答，凝在皮肤上，化都化不开。

在人头攒动的街区、人挤人的地界，炽热的呼吸与夏末的暑气交织，让黏腻感瞬间被放大了数倍。

每个人的脸上或多或少都带着些烦躁的神色。

西河市的人流量不大，就算是逢年过节超市跳楼价大甩卖，抢购的人也不会超过十个，能一下将这么多人聚集在一起，还得多亏数月前就预热的烟火大会。

现如今全国明令禁止烟火，市民对烟花的喜爱，比南方人渴望下雪还要强烈。

几座城市联合报审，足足三年才将这场活动审批下来。

这场满含万人期待的烟火大会，足以被纳入西河市历史记载。

应念间坐在教室里，看着手表上的时间，偶尔急不可耐地抖几下腿。

“丁零零——”

铃声刚响，她便拉着身旁的程菀茗，像离弦的弓箭一般弹了出去，二人抄了条羊肠小道，一路上弯弯绕绕，好不容易才挤进了烟火看台的第一排。

看台上陆陆续续来了许多观众，偶尔会有些重心不稳的人在推搡间撞到应念间，但即便这样，也没能让她松开攥着栏杆的手。

“千万别放手！”

应念间攥着栏杆双眼紧闭，不知道的人还以为她是来跳楼的……

程菀茗顶不住四周探究的目光，轻轻推了推应念间：“好啦……你是来看烟火的，不是来看原子弹发射，不要摆出一副‘英勇’的表情啊……”

应念间一睁眼，正好与那些目光对上，略有尴尬地松开了攥着栏杆的手。她转头想说些什么缓解下尴尬，但还没来得及开口，突然一群人乌泱泱地朝她压来，片刻间，程菀茗就消失在了视野之中。

身旁不断有人拥来，这堵人墙被筑得越来越厚，应念间顿时慌了，着急忙慌地跳了几下，连程菀茗的影子都看不见。

她强行拨开不断朝她压来的人群，试图往原来的位置走去，身后却有一股力量一直在将她往外拉扯，她像是陷入了一场漩涡，越陷越深，急得她满头大汗。

推搡间，应念间被挤出了人群，定睛一看，她才发现自己挣扎半天反而离看台越来越远。

“……”

应念间理了理被汗水打湿的头发，一副蓄势待发的样子准备重新进入人群，刚助跑两步，忽然脚下一硌，似是踩到了什么。

她正打算弯腰查看，不知从哪儿冒出了一个陌生的男人，像没头苍蝇似的直直撞在她身上。

两个人狼狈地跌坐在一起。那男人反应极快，一个弹跳从地上爬起，匆忙将手中的东西塞进了裤子口袋。

“对不起！对不起！”

他一脸歉意，边说边往外挪动，那遗留在裤子口袋外的挂件晃啊晃，立即吸引了应念间的目光。

她下意识地摸了摸口袋。

糟糕！钱包没了！

她立刻反应过来，指着那个男人大喊一声：“站住！小偷！抓小偷！”

男人原本害怕打草惊蛇，还在慢吞吞地挪动，闻声，知道东窗事发，当即扭头就跑。

应念间一看他要溜，拔腿追了上去。

应念间一路声嘶力竭地喊着、骂着，可周遭的路人都是一脸漠然，像是在围观马拉松，还有几个凑热闹似的给她加油助威，口中喊着“加油”。

前方狂奔的小偷时不时扭头看情况，脚下的速度却丝毫不减，不过今天碰到应念间这个耐力十足的种子选手，也着实让他累得够呛。

应念间以为他回头是在向她挑衅，气得深深憋足了一口气，加快速度。眼看着她与小偷的距离越来越近，就快要拉住小偷衣服的那一刻——

拐角处猛然走出一个身影，生生将她拦下。

“唷……”

应念间来不及刹住脚，迅猛地冲进了那男生的怀里，撞得他连连后退，两个人的口袋中都有东西被撞了出来，落地后发出一声清脆的响声。

那口气实在是憋了好久，她涨得满脸通红，大脑缺氧。晕晕乎乎间，她松了口气，无力地跌在了他身上。

男生身上夹杂着橙花与橡木苔的香味，清幽淡雅的气息与闷热的晚夏格格不入，反而更适合枫叶逐渐泛红的初秋。他身着一件干净的浅色 T 恤，领口处有道小暗纹，看起来格外昂贵。

而她，在撞上他的时候，脸上刚刚因为剧烈运动冒出的汗水也随之蹭到了他身上，工整洁净的 T 恤湿了一片。

言硕闻到应念间身上的气息，微微皱眉，他迅速将她扶正，同时看清了她的脸。

她的皮肤干净白皙，气质尤为秀丽大气，像落了初雪的富士山，清冷眉宇间有一道淡淡的“川”字皱纹，看起来时常皱眉，不过此刻她脸上的红晕倒是冲淡了一丝清冷，有点儿莽撞的可爱。

这张脸他并不陌生，光从舍友姜寿司的手机上就见过无数次。姜寿司身为学校论坛的资深用户，学校的大小动静他都了如指掌。

传闻宜江大学设计系有个女生特别倒霉，常年头顶乌云，印堂发黑。

你所想不到的、预料不到的，都有可能在她身上发生，回回都能让他大吃一惊。

入学三年，言硕听过不少关于这姑娘的衰事，疑惑又好奇，早就想亲眼看看她是怎么衰的，奈何这么多个春夏秋冬一直没机会遇见。

……

言硕回忆了下，愣是没想起这姑娘的名字，他索性直接问：“你这回……是遇到小偷？”

应念间此时正用双手撑着膝盖，大口大口地换气，大脑缺氧的感觉还未消失，耳鸣声又接踵而来。

听见男生的问题，她指了指远处那个跑得还剩一个蓝色点点的背影。

“……”

看她这难受的样子，想必也是追不动了。

“等我。”

男生说完这句话，头也不回地就追了上去，连地上的手机都没捡，真是“壕”无人性。

应念间扶着缺氧的大脑，慢慢蹲下去，手在地上摸索了一阵，先是捡起了那个男生的手机——完好无损。

她又捡起自己那部，嘴角忍不住抽搐了几下，眉间的“川”字纹越发清晰。

果然是她的手机碎了，同样的高度跟冲击力，怎么别人的就完好无损，她的就体无完肤？

对比两部手机天差地别的外观，应念间硬生生地掐着大腿将眼泪憋了回去。

“习惯就好，习惯就好……上帝关上了门窗，我还有狗洞。”

也不知是从什么时候开始，命运给予了应念间一个特殊的、异于常人的标签——衰。

“衰”这件事萦绕在她身边多年，在别的女生被称为“人间水蜜桃”“人间红西柚”的时候，她的外号是“人间倒霉蛋”……

从一开始的遇事就哭，到后来的“身经百战”，她的自愈能力早已超乎常人，心理承受力比钢铁还要坚固。

2

因着男生离开前让应念间等他，应念间拿着手机一时不敢离开。

远处的天际亮了又暗，暗了又亮，五彩斑斓，过了几秒才迟迟传来几声“轰隆轰隆”炸裂的声音。

烟火大会开始了。

可她在的这个位置，看不见烟花，只能堪堪听到声音，原本是个值得被写进城市历史的日子，她却因为霉运，过得连一丝参与感都没有。

再怎么看得淡，说不沮丧，都是假的。

正当她暗自沮丧时，身边突然靠近了一个人，身上散发着炽热的气息，在烘烤着她的皮肤。

应念间条件反射地看向身后。

“没抓到？”

“抓到了，我先去了趟派出所报案。”

“噢，也对，押着他回来估计他会趁机溜掉。”

“走吧，去拿你的钱包。”

言硕从应念间手中拿过手机，滑开屏幕后看见微信上的消息红点。

他本来是卡文，出来找找剧情，得知这里能看到烟火后便约了姜寿司来凑热闹，谁知他中途遇到了应念间，一不小心放了姜寿司鸽子……

屏幕上全是姜寿司的语音消息，不用听也知道他说了些什么，言硕敲了一行字简明扼要地阐述了下经过。

对方回得很快，又问了一些乱七八糟的事，言硕看了一眼就没再回。

应念间不知道他报案的派出所在哪儿，亦步亦趋地跟在他身后，时不时揉揉腿，刚刚蹲了太久，腿都有些麻了。

言硕收起手机，余光正好看见女生在等红绿灯的过程中捏了捏小腿，他没说什么，步伐却慢了下来。

西河市的警察大部分都被派出去维持烟火大会的秩序，所里只留了寥寥几个人登记，但该有的流程却一个也没有少。

言硕身为报案人，录的口供只有在追到小偷后的事情，至于小偷偷钱包的过程，还得交由应念间来录。

应念间情绪难得地慷慨激昂，手舞足蹈地将自己是如何发觉不对劲，又如何机智地应对描述了出来，对面的警察听得一愣一愣，还以为自己在听相声。

一系列流程走完，单子填了一张又一张，应念间激昂的情绪逐渐转为平静，钱包却连个影子都还没看见。

就在二人坐在椅子上等得快要睡着时，先前录口供的那名警察冲应念间招了招手，示意她过去。

那警察手中拿着一个挂了锦鲤钥匙扣的钱包，都不用言语，应念间光是看见钱包，就主动跟进了审讯室。

“说说钱包里有什么？”

“有身份证……和一张废卡吧。”应念间看着那个钱包的样式，眉间的“川”字皱纹再次若隐若现，她突然有种不好的预感。

警察戴上塑胶手套，将钱包打开，果然看见一张身份证和银行卡。他将身份证拿出来，又让应念间背了一遍身份证号码才将钱包还给她，还顺便给了两张表格让她填写。

应念间生平头一次进派出所，没想到流程这么烦琐，光是单子就填了不少张，得亏这次就遇上一个小偷啊……不然来八九个，今晚光填单子就能填到明天早上了吧。

应念间写完领物单，拿着钱包走出审讯室。

那个帮她抓到小偷的男生还没走，似是靠在座椅上睡着了。应念间轻手轻脚地走过去，不知该吵醒他，还是该让他继续睡着。

她看了眼手表，推了推身旁睡着的男生。

“谢谢你。”

听见声音，言硕醒了过来，他先是茫然地环顾四周，而后开口，嗓音低沉带着些许困意：“拿到了？”

“嗯。”

“钱没少吧？”

“我才发现……”应念间攥着钱包，低着头，别在耳后的长发轻轻地落了下来，遮住了她轮廓分明的侧脸，语气带着些难以启齿的内……内疚感？

言硕有种不祥的预感。

“包里没钱，这个是装废卡的钱包……”

现在都用支付宝跟微信付账，红通通的人民币早就成了九宫格上按出的几个数字，应念间都已经忘了上次带现金是猴年马月。

一直到警察将她带进审讯室，她才想起这个钱包是用来装废卡的，有用的就一张身份证。

言硕再次揉了揉惺忪的眼睛，一副活在梦里的样子，就差扇自己几巴掌让自己清醒过来了。

敢情他第一次追小偷，就为了追回一个装废卡的钱包？他烟花都没看，还放了别人鸽子。

这姑娘是不是在逗他玩呢？

算了算了，他失笑地摇了摇头，手指在鼻尖下方挠了挠，不假思索地问：“你是不是踩到屎了？”

“啊？”

应念间脑袋一蒙，而后，貌似……也闻到一丝不属于她身上，也不属于派出所该有的气味。

她微微低下了头，同时朝内翻转了脚底，鞋底纹路中卡着一片黄色不明物体……经过她走路、摩擦，屎早已跟鞋底完美地镶嵌在了一起，硌脚感没了，就好像这坨屎天生就是跟随着鞋子制作出厂售卖。

原以为上帝只是关上了她的门和窗，没想到竟然连狗洞都封上了。

“……”

应念间扯出了一个似笑非笑，似哭非哭的尴尬假笑。

此刻她多希望从某个角落冲出来一台摄像机，告诉她，这一切都是为了综艺效果，设定的整蛊情节……

可鞋底飘来的阵阵臭味，打破了她的幻想，让她认清了现实。

等应念间清理完鞋子，外面的轰隆声已经停了，抬头望去，能照亮黑夜的，只有一盏盏独自燃烧的路灯。

灯下，男生的脸被黑影笼罩，却不难看出他硬朗的五官轮廓。

言硕按亮手机，屏幕上的时间同时映入应念间的视线。

深夜 10 点 24 分。

宜江大学的门禁时间是 10 点 30 分，现在就算打车也来不及了，更何况她还身无分文。

应念间转而将目光投向一旁的言硕。

往常这个点应该是言硕更新小说的时间了，但他此时定然是拿不出文章放上去，平台有规定，不更文的作者得写请假公告，哪怕是他这种白金级别的大神也照样得写。

“有钱吗？”应念间晃了晃坏掉的手机，有些局促地问。

闻言，男生微微挑眉，点了点头，算是回答。他的手指在键盘上敲击完最后一个字，利落地将请假公告发了出去。

“走吧，哥哥带你开房去。”

3

这突如其来的奔放又极具暗示性的话语，让应念间为之一愣，当下她毫不迟疑地将坏掉的手机牢牢握在了手里。

手机虽然坏了，但好歹可以当作武器，砸起人来倒也丝毫不会含糊。

应念间稳住情绪，将那只握着手机的手背在身后，就等着言硕“认罪”，给他一记警告。

“你……你想干吗？”

前边大步流星的言硕闻言转了身，见应念间还愣在原地，又一头雾水地走了回来。

“走啊。”

女生的眼神十分坚定，可与言硕对上视线后，却带有一丝慌乱。

“我，我可是正经人家的姑……”

她声音轻轻，有些听不清。

言硕突然靠近，吓得应念间浑身一颤，全身绷得直直的，靠在身后的灯柱上，握着手机的手紧了又紧，生怕自己会被言硕强行拖走。

“……”

瞧她这紧张模样，写了无数感情戏的言硕顿时恍然大悟，多半是自己先前说的那句话太露骨，让她想歪了。

怪只怪他们男生平时说话大大咧咧，百无禁忌。

不过毕竟是个女孩子，应念间听完没打得他屁滚尿流算是很给他面子了。

言硕挠了挠脸颊，一时间不知该如何重新取得女生的信任，索性顺着她的误会，一不做二不休！

“正经人家的姑娘怎么了？哥哥又不挑食。”

“你还……还不挑食？”

话音刚落，言硕再次凑近，单手撑在应念间的头顶上方，将她壁咚在路灯与他之间。

她感觉身后倚靠的灯柱明显晃动了几下，路灯的光影不均匀地洒落在他的脸上，他睫毛浓密，正目不转睛地盯着她，带着些玩味的笑意。

应念间心里越发慌乱。

两个人四目相对，嘈杂的世界在一瞬间沉淀下来。

许久，言硕被她紧张的样子逗笑，自己率先破功，发出低沉沉的笑声，撑在她头顶上的那只手，也在慢慢上移，轻轻地将一只小蜘蛛弹开。

“想什么呢。宜江宿舍有门禁，我没身份证，你没钱，我们当然得一起了。”

应念间只觉得头顶起了一阵小风，带动了她的几根头发，男生身上的橙花与橡木苔气息钻入鼻孔，望着他上下滚动的喉结，她这才意识到这个壁咚并不是壁咚，而是他在帮自己处理蜘蛛。

想多了的某人颤颤巍巍地从路灯下挪开，戒备心却依旧很强，始终与他保持着距离，冷漠得像个没有感情的杀手。

“呃……你也是宜江大学的？”

两人从相撞到现在，除了录口供前聊过几句，其他时候不是坐在椅子上发呆，就是沉默寡言地走着。

言硕是因为这几年看过数篇关于应念间的帖子，了解她身上发生过的事情，对她感到熟悉才没觉得有什么不妥，这会儿经她一提醒，才想起今晚是两人第一次见面。

“宜江大学小语种系，言硕。”

“我是设计系，”应念间挥了挥手，试图将空气中残留的尴尬因子挥散，“应念间。”

她悄悄将握在手中的手机放回口袋。

这点小动作自然逃不过言硕的眼睛，他干咳一声，将嘴角藏不住的笑意均匀地散到眉眼各处，就连语调都带着些忍俊不禁。

“那走吧，正经人家的姑娘。”

烟火大会进入尾声，观众们陆陆续续地离开。

这个庞大的团体从内部被一点点瓦解，渐渐地蔓延到看台的边角，受了“散场”感染的游客们也慢慢地向外圈走去，各自拥有各自的目标，四分五裂毫无秩序可言。

黑夜中有那么一群人在慢慢挪动着，比来时的速度还要缓慢。

西河市的夜生活，往常在九点就彻底结束，像今日这般，深更半夜十点多街道上还有一群人的情景，很是少见。

“又住满？”应念间不敢置信地看着前台小姐姐。

西河市的烟火大会不仅让本市的人蜂拥而至，还吸引了不少外地游客，邻市的游客过来自然是要找落脚地，除此之外还有最爱凑热闹的大学生团体，跟应念间他们一样，过了门禁点之后率先想到的就是在附近开间房休息。

“是的，抱歉，二位再往前走走吧。”

“……”

今日接待的住户比平日里多上一倍，前台小姐姐的脸上微微出油，妆也有些花了，眼线晕成了烟熏妆，看上去有些疲惫。应念间不再多叨扰，又转身往别地找去。

外面的人潮逐渐变少，寂静的深夜里，路边树上有几只蝉在喋喋不休，这是它们最后的时光，趁着初秋尚未浸透，努力歌颂剩余的蝉生。

两个人并肩走着，言硕的眼神突然变得飘忽，眼尾余光慢悠悠地扫视着周围，似乎是在勘察着什么。

他小声地说：“这条街以前发生过一件事……”

“什么事？”应念间这人，除了身上的霉运比别人强些，好奇心也格外强，一点儿风吹草动都能引起她的好奇，像只小猫似的。

言硕再次看看周围的人，而后朝应念间勾了勾手。

“你凑近些。”

“发生过什么？”

“以前有个女学生在这条街上失踪了，听说后来她的尸体被找到时，浑身上下湿淋淋的，身体都被蛆虫……呕。”

提到蛆虫的时候，言硕搓了搓手臂上生出的一片鸡皮疙瘩，还捂着嘴，生怕把隔夜饭都吐出来。

应念间看着他痛苦的样子，好心地替他拍了拍后背，接过他的话题。

“这事我也听过。”她气音绵延，炙热的呼吸喷洒在言硕的脖子处，声调跟言硕如出一辙的诡异。

言硕一愣，放下了手，神情颇为复杂。

应念间继续道：“那女生不仅内脏被吃空了，连四肢都被重新缝合过，而且更诡异的是，监控上显示她死前一天还走过这条路，可法医却断定她一个月前就死了。”

“你，你也……”

“你知道凶手是谁吗？”应念间打断了他。

言硕木讷地摇了摇头。

应念间眯起双眼，冰凉的手指搭上言硕的手腕，把他拉向自己，悄悄地附在他耳边说：“没人知道，因为……作者今天没更新。”

“咳咳——”言硕收起了故作害怕的样子，正色道，“你也看边禾的书？”

“边禾”是言硕的笔名，刚刚提及的这个情节是他小说中的剧情。

这个案子快要被写崩了，他之前设想了一系列情节都无法把“女生消失又出现”的剧情给圆回来，他今天来烟火大会的目的，也是想重新走走这条路，获得些灵感。

原本是想找些话题跟应念间聊聊，打发下时间，谁知道这姑娘口味还挺重，竟然还看悬疑推理文……

“悬疑界‘小琼瑶’，谁不知道啊。”

真的好巧，言硕唬应念间的那个情节，正好她昨天才看完，今天临出门时她还特地看了眼作者有没有更新。

言硕被抓包后，没觉得尴尬，反而在这条长街上朗声大笑起来，笑声比刚刚讲的悬疑剧情还可怕，应念间㞞㞞地离他远了些。

“‘小琼瑶’？为什么叫他‘小琼瑶’？这外号谁取的？”

“我们宿舍内部取的……主要是他每本书的感情戏，都写得跟千年干尸复活一样狗血，我怀疑他可能是没谈过恋爱。”

确实没谈过恋爱的某作者，感觉心脏受到了一击重创。

写作生涯中头一次觉得实际体验也是如此重要，他当初就不该走这条不归路，不然也不会天天更文更得连恋爱时间都没有。

“那你猜猜作者会怎么接上章剧情。”

既然她说他感情戏写得烂，不如就聊聊情节，反正他的灵感已经干涸，实在想不出该怎么把那情节给圆回来，要是能从应念间这儿得到点灵感也好。

只可惜应念间这些年吃过不少倒霉事的亏，如今事情不找上门，她断然不会主动去找事情做。

她托着手臂，装模作样地回忆了下剧情，沉思道：“这个嘛，挺难圆的，我很期待看到作者的惊喜。”

“你想想，换作是你，你怎么办？”

言硕一听她这话，急了。他的读者是怎么回事儿，一点儿自己的想法都没有，就等着作者真相大白。

老话都说：三个臭皮匠，赛过诸葛亮。应念间身为读者，好歹也提供点想法让他发散发散吧。

“我想想啊，那给被害人安排个双胞胎姐妹吧！比如之前别人在路上看见的是她姐姐。”

应念间拗不过他的执着，想了想。

不可否认的是，应念间虽然倒霉，但还是很有搞悬疑的头脑，随口说的一个剧情，就能将上下文衔接在一起，可见她脑洞着实不错。

被“旁观者”点通的“当局者”言硕此时满心满眼都是对她的欣赏，恨不得把出版过的几本书，全部签完名赠送给这个可爱的读者。

“你为什么喜欢边禾？”解决完“心头大患”后一身轻松的言硕好奇地问道。

“因为边禾喜欢作死。”

“？？？”

“他的情节不瞻前顾后，思路特别野。就好比刚才我们讨论的那个情节，我感觉他就是想跟被害者同归于尽！天天逼自己想这种剧情，早晚得进精神病院。”

“……”

他打消了把全套签名书送给可爱读者的想法，后怕地摸了摸自己的脑袋，改天是不是真得去医院挂个号查查？但他感觉自己现在还挺正常的啊……

应念间与他并排走着，丝毫不知自己刚刚错失了边禾的一整套签名书。

将近深夜十二点，两人终于找到还剩一间空房的酒店。

一个出了身份证，一个出了人民币，相遇至今，他们之间最和谐的一幕诞生了，虽然看起来格外狼狈。

4

太阳被乌云笼罩，天气阴沉沉的，像是前一夜的烟雾还没散尽，乌蒙蒙一片。

应念间上午有课，言硕也有课，两个人起床洗漱完后就直接去楼下退了房。这间酒店离学校不远，就算都有早课，他们也没走得多匆忙，反而还优哉游哉得不得了。

“一块吃早饭？”

“不了，我还得先回一趟宿舍。”

课程表存在应念间昨晚“阵亡”的手机里，她只能凭着前一周的印象回忆今天的课程，隐隐约约记得今早是一节必修课。

别人不带书，低个头就能避免被老师点名，而她，向来是百分之百会被点到起来回答问题，这比踩到屎的概率还高，她绝对不能偷懒冒这个险。

再者她昨天跟程菀茗被挤散后，一晚上都没联系，指不定程菀茗会担心成什么样……

“那好吧，再见了。”

两人出了大厅就各走各的，可看似分开的两个人，却又因为一件事引出的另一件事重新有了更深的纠葛。

酒店大厅里的沙发上，一群人目瞪口呆地看着门口消失的两个人，退出了手机拍摄的界面。

“那个是言硕吗？”

“我的天！言硕？我只顾着看应念间了！”

“见鬼！他们两个在一起了？”

宜江大学的小语种系跟设计系分别坐落于南北两个方位，学校里就连运动会都是让他们各开各的，可想而知这“南北”距离是有多远。

这种隔着几条大马路，跨越千米的恋爱是怎么做到的……没想到他们误个门禁，也能在第二天发现这么劲爆的八卦。

发论坛，赶紧发论坛，有什么八卦爆料先发论坛，指不定有别人知晓内情，会顶着匿名上来解惑。

一群人纷纷打开论坛，一个＃应念间言硕恋爱＃的帖子空降在一堆日常帖中，没过多久，帖子就被加了“精”。

应念间到宿舍时，程菀茗正打算去公安局报人口失踪。见到应念间后一颗心总算是放了下来，她长舒一口气，问道：“你昨晚怎么睡的？”

昨晚……应念间没钱，言硕没身份证，他俩就合起来开了一间房，但言硕倒是挺绅士，把床让给她，自己睡了一夜沙发。

可程菀茗的联想能力超强，一张嘴巧舌如簧，假的都能被她说成真的，要真告诉她的话指不定又要被打趣。

应念间想了下，避重就轻地回答：“有个同学也误了门禁，我们就合开了一间房。”

程菀茗认识应念间以来，见证过她大大小小的霉运，想想也知道昨晚肯定又是一段惊心动魄的连环倒霉案，不过现在人安全回来就行了。

“哦，那就行……你先走吧，我上学校论坛搜一圈资料就来。”

“嗯，好。”

应念间从柜子里拿出一套干净衣服换上，又重新翻出了旧手机，还好自己还是有些先见之明啊……

收拾完毕后，应念间走到门边，刚握住把手，就觉得身后一阵疾风冲来，她在条件反射下转了身、双手环胸地保护自己。

程菀茗手脚并用地将应念间控制在了门板上。狭小逼仄的空间里，程菀茗的眼睛紧紧盯着应念间，像是要将她看穿。

应念间突然一阵心虚。

“你不要用这么炽热的目光看着我，我……我喜欢男的！”

“说！你昨晚是不是跟小语种系的言硕在一起？”

程菀茗双手按在应念间的耳侧，吓得应念间双下巴都出来了。

见事情曝光，她乖乖地点了点头，然后立即摇头：“我们就是单纯的互惠互利合作双赢关系，特别清白！”

“单纯？清白？”

程菀茗将手机屏幕点亮放到应念间的面前。

那个#应念间言硕恋爱#的帖子不仅被管理员加“精”置顶，里面还有她跟言硕出门时的一系列照片。

照片像素不高，像是躲在偏远处放大之后拍摄的。

最下面还放了一张两个人的正脸图，算是八卦的实锤，一堆八卦群众就跟目击者一样在帖子里带节奏，摁头让他们两个人原地谈恋爱。

应念间呆了。早前也有人偷拍过她，不过帖子的语句和措辞都写得很温和，不像这篇这么劲爆，她这会儿算是尝到当明星的滋味了。

“宜江南半球的天选之子，无数妹子追了三年都没追到的男生，被你撩到了，可以啊，跟姐姐细说下呗！”

宜江大学占地面积很大，被历届学生夸张地分为了“南半球”跟“北半球”，除非学生会跟社团的原因，能让南、北区学生见见面外，其他时候的见面机会并不多。

言硕跟当初的应念间一样，刚入学就因为颜值在论坛上被一顿猛夸，但后者是靠自带衰运稳定后续曝光，言硕则是以能力吸引一群迷妹。

这也不是什么不可言说的事情，应念间摁亮正在用充电宝充电的手机，打算看下时间再跟程菀茗细说。

通知栏突然弹出一条消息，她点了进去：“你先等下啊，我回个消息。”

她在列表里一眼看下来，找到了刚刚通知栏弹出的那条消息，点开。

【编辑土拨鼠：您好“盒子”，档期有空余吗？】

应念间从小跟着父亲的好友原野学习绘画，上大学后又选的设计系，平日里除了为一些小众品牌设计衣服，还会为一些作者画画图书封面。

这个叫“土拨鼠”的编辑，之前就找她约过一次封面。

她按时交稿，对方按时给钱，合作还挺愉快，在档期十分空余的情况下，没有理由不进行二次合作。

【YNJ：有的。】

【编辑土拨鼠：好的，那这次边禾的新封面就交给您了，合作愉快。】

这条消息刚收到，应念间就抓准了消息中的关键字——边禾？

九〇后作家中的领军人物、青春悬疑界的黑马、作家年度福布斯榜前三的边禾？

这种大神级作者的封面不都应该交给大神级、开价几万的封面设计师来完成吗？

一连几个问题自动跳入了应念间的脑海，她被程菀茗圈在门上，大气不敢喘，死死地盯着屏幕上那条消息，生怕编辑把它撤回。

足足盯了有两分钟，将要过了撤回的时限，她才迫不及待地追问了一句。

【YNJ：现在就约封面，难道是边禾大大的新书要完结了？】

对方用的是工作号，回复起来相当快速。

【编辑土拨鼠：是的。】

是的！

得到这个肯定的回复，应念间屏息了好一会儿，才喃喃出声。

“我接到‘小琼瑶’的封面了！”

“什么？边禾！你是不是蹭到言硕的好运了！”

程菀茗说完就抱着应念间一顿乱蹭，试图替她分担点好运。

应念间趁乱连忙瞄了眼时间。

9 点 31 分。

好运个鬼。

上课迟到，自然是遭到老师的一顿数落，最终靠扣平时分才让此事过去。

熬了一个上午，听到下课铃响起的那刻，应念间觉得自己浑身上下每个细胞都苏醒了，像是积雪尽融，二月便回了春一般，重新充满生机。

她抱着书本走在路上，另一只手不断刷新着小说页面。

昨天边禾没有更新，请假条上说今天中午会更新，可她刷了半天，还是没把更新的章节刷出来。

不知不觉间，她发现自己竟然走到了校图书馆的门口。

这间图书馆上下一共三层，外面复古做旧的墙壁上覆满了爬山虎，夏天在不知不觉中悄悄溜走，植物还没发觉，依旧是绿油油一片，这种浑然天成的装饰在每一个设计师的眼中，都是绝美。

旁人或许觉得稀疏平常，但应念间倒是看得眼睛有些发直，慢慢欣赏了起来。

言硕刚好从图书馆出来，身上还背着一个电脑包。

见状，他抬手压了压颈椎，懒懒散散地走到应念间身边，拍了她一下。

“看什么呢，这么入迷？”

言硕换了件米色的T恤，穿了条松松垮垮的工装裤，这一套看起来邋里邋遢，穿到他身上却意外好看。

应念间回过神来还未答话，脸上落了一滴湿润的水珠。

天上霎时间下起瓢泼大雨，兜了一早上将下未下的雨，现在像是找到了一个缺口，恨不得一次性全部落下。

雨下得又急又大，砸在身上像是凌乱而细密的针头，无孔不入。

应念间浑身上下能挡雨的只有手中的书本，在书本湿与头发湿之间，女生几乎是毫不迟疑地选择了前者。

“我先走了。”

应念间顶着书来不及同言硕寒暄，扭头就要往宿舍跑。

“哎——”

言硕伸手拉住了她的手腕，另一只手在电脑包的两侧摸了摸，摸到一个圆筒状的东西。他将那圆筒物体取出，在女生羡慕的眼神中，撑开了伞。

伞是单人伞，两个人用有点儿小，肩膀处多多少少都会被雨水打湿。

言硕又往应念间身旁凑了凑，无果，打消了送她回宿舍的想法。

“哎，这初秋的天就像正经人家的姑娘，说变就变。”

那七个字是昨晚乌龙事件发生时，应念间用来形容自己的，稍作多想就能听出他话中的调侃，她嘴硬道：“我又没求你替我打伞。”

“得了，你先走吧，我朋友刚才喊我回去一趟。”

再聊下去，湿的就不只是肩膀了。

言硕强行掰开她的手，将雨伞塞给她，转身就冒着大雨重新跑进图书馆。

图书馆内姜寿司正准备刷卡出去，前方门帘突然大幅度地晃动了一下，卷进一股雨水打湿了泥土的气息，一个浑身是水的熟人走了进来。

这熟人一看他要刷卡，长臂一伸，将他重新拉了回去。

姜寿司猝不及防被言硕搂着连连后退，一直到书架旁边，言硕才松开他。

“你神经病啊！”

言硕昨晚被应念间的一席话刺激到了，关于自己脑子有没有病的问题，他想了整整一夜，好不容易才忘记，此刻又被姜寿司勾回记忆。

男生不容分说，一拳头挥了上去，还不忘骂道：“你才神经病。”

姜寿司毫无防备，胸口实实在在地挨了言硕一拳，他有些委屈：“那我改天去医院查查吧……”

Chapter 02 他的好运

一个自诩“正经人家姑娘”的女生，
最近为何总是对他无事献殷勤？

NIJIUZHANGZHEWOXIHUAN

1

入了秋的雨，来得快去得也快，像是一个风风火火的姑娘，不管不顾，下完收工。

应念间刚走进宿舍，雨就停了。她收起伞，无语地看着外面，不由得深深怀疑起来，这场雨应该又是因为她身上的霉运导致的吧……

她把雨伞撑开放在卫生间自然晾干，正打算将湿掉的鞋袜也一同拿到卫生间去清洗。

宿舍的门再次被推开，重重地撞在墙上又弹了回去。

这笨重的声音惊得应念间手一抖，她放下袜子，穿着拖鞋从卫生间探出了头，一个从头到脚湿了个透的女生站在门口与她大眼瞪小眼。

“你怎么淋成这样！”

“这雨下得一点儿预兆都没有，我慌不择路冲进喷泉堆里了……”

程菀茗站在门口往卫生间跨了两步，每走一步都留下一片深深的水渍，看起来像是鬼片里落水鬼的脚印。

应念间知道她的意思，出来跑去书桌下帮她把拖鞋拿到卫生间。

程菀茗一手拿着毛巾，一手指着地上的陌生雨伞，疑惑道：“你新买的伞？”

“不是，刚刚走错路碰到了言硕，这是他的伞。”

程菀茗光着脚不可思议地绕着应念间走了一圈，嘴巴惊讶地张开，好像能塞进一整个鸡蛋。

“天哪！你跟言硕感情升温这么快吗？下这么大雨，他竟然都肯把伞给你，你之前是不是漏了什么十八禁的过程没跟我说？”

“十八罗汉成佛过程要不要听？”

早上被程菀茗拦着逼问，连上课都迟到了，她哪里还有什么没说的事情。

想到课程，她把手中的拖鞋丢在程菀茗面前，转身走到电脑前坐下。

她的课程表存在那部碎掉的手机里，这才开学一周，表上的内容还没记全，得上校网把课程表再存一份才行。

学校网站平时登录速度飞快，一到抢课就卡得像20世纪的产物，好在应念间也不在乎抢什么课程，只要别剩些奇葩的就行。

没等两分钟，课程安排就弹了出来。

应念间挪动着鼠标，滑动屏幕，将上面的课程重新审阅了一遍，突然一个陌生课程跳入了她的视线。

她心底一慌，直接翻起了书桌上的新书，从里面翻到了一本《烹饪指南》。

“这本《烹饪指南》是你的吗？”

“我的在这儿呢。”

程菀茗换上拖鞋出来，拿起桌上的书朝应念间扬了扬，又拿起手机，早上她才刚上过一节烹饪课，还没来得及将书放回原处。

可是……她的书在她手中，那应念间手中多出来的是谁的书？她缓缓抬了头，视线从手机屏幕上挪到了应念间的脸上。

该怎么形容应念间此时的脸色呢，可能就好比有一天告诉你你家新建的房子被地震震塌了。

“……”

“你有烹饪课吗？”

应念间机械地冲程菀茗摇了摇头，再次揉了揉眼睛。

揉完她发现那个课程还挂在她的表格上，整个人瞬间手脚冰凉，犹如身处寒冬的湖底。

“我的天……也就是说今早我应该上的其实是烹饪课？”

“我知道了！”程菀茗的脚轻轻一蹬桌子，就着身下的轮滑椅滑到了应念间身边，“是不是你当初帮小西选课，搞错页面了？”

那会儿程菀茗就挺佩服她们的，一个敢求，一个敢帮。

不过小西性子温暾，不急着抢课，应念间又对朋友过于仗义，她便没多嘴，想着慢悠悠地选课总不会倒霉，谁知道这祸患竟然隐藏了这么久才露出来。

“应该是我自己弄混了，不然学校后台调剂会发短信告知……今天老师点名了吗？”

“当然点了！我就说我怎么好像听到了你名字，你明明没选这门课，我以为自己听错了！”

“……”

应念间深深叹了口气，一想到今早因乌龙失去的平时分，她就两眼发黑。

烹饪课好歹扣得名正言顺，早上那门乌龙课的平时分得去哪儿扣啊，等老师看到花名册发现没她的名字，该不会以为她是来故意整蛊的吧……

“完了完了！我现在有种要被劝退的预感。”

“退学倒不至于，顶多就是被老师当成眼中钉，日子不太好过。”

“……”

“你还不如不说话。”

程菀茗看她满脸忧愁，沉思了一下，拍拍应念间的肩膀，脑内灵光一闪：“哎，我跟你说个玄学。”

“什么玄学？”

“我听说言硕在他们‘南半球’被称为锦鲤，走在路上有时都会无缘无故捡钱的那种。”

“啊哈？”

话题瞬间从“退学”转到“言硕锦鲤”上，跨度着实有些大，应念间听得嘴角抽搐，顿时有点儿怀疑程菀茗的智商。

程菀茗一看应念间的表情就知道对方在想什么，她拍了下脑袋，说：“哎呀，之前不知道是谁，一听说娱乐圈冒出来个锦鲤女明星，天天起来膜拜，就差三跪九叩上炷香了。”

“……”

“现在可有个锦鲤就在身边啊！你还不把握机会，去蹭蹭言硕身上的好运，中和一下霉运。”

“太假了吧。”

“你都能这么衰，为什么别人不能幸运？昨晚你遇到言硕之后是不是特别安全？还有今天你为什么会走错路，不就是冥冥之中让你遇到言硕，让他帮你避开大雨吗！再说了言硕的颜值摆在那儿，你多接触接触又不吃亏。”

“……”

“除非，”应念间还是不信，但程菀茗太能忽悠了，让人有点儿招架不住，她扫视了一圈宿舍，想来想去提到了一个关键人物，“除非边禾更新的这章情节跟我设想的一样，我昨晚跟言硕讨论过情节，既然他是锦鲤，那让我喜欢的作者写我想要的情节，不过分吧？”

边禾的脑洞肯定在她之上，绝对能想出更好的情节，她那点小脑洞只能跟言硕随口说说，到边禾面前可差远了。

说起来今天更新的章节，她还没来得及看，兴许是因为昨晚跟言硕讨论过的缘故，她对这章格外期待。

“边禾跟你什么仇什么怨，堂堂一个大神岂是我等可以用来打赌的。”程菀茗嘴上说着不与应念间打赌，身体却很诚实，囫囵吞枣般翻起了手机的小说页面。

这篇单元剧情在小说中算是一个亮点，受害者死后又出现在街上行走已经是令读者匪夷所思的事，此后又从法医的尸检报告上得知女主早就死于一个月前……扑朔迷离的剧情，加上无厘头的案子形成了边禾的特有风格，放眼整个悬疑界暂时也只有他有能力将剧情圆得天衣无缝，否则他的书也不会那么受读者追捧。

唯一美中不足的是每本书中男女主的感情戏都让人有点儿无语，读者亲切地称角色谈的是“柏拉图恋爱”，而应念间她们则直接看透本真，给边禾取了“小琼瑶”的外号。

程菀茗按灭了手机，心脏受到的冲击让她连连摇头感叹。

“服了，我竟然没想到被害人会有个双胞胎姐姐，不愧是边禾。”

才看完最后一个字的应念间蓦地瞪大双眼，受到的冲击力比程菀茗还大，因为——

“我昨晚跟言硕讨论过这剧情！但是边禾让姐姐当了坏人，比我设想的更刺激，绝了！我竟然跟边禾的脑洞重叠一半，这说明什么？”

“说明言硕是锦鲤？”

“不！说明天才的智商是旗鼓相当的！不过既然如此，我勉为其难，死马当活马医吧。”

“……”

“阿嚏！”

言硕猛地打了个喷嚏，顺手抽了张旁边的面纸擤完鼻涕又继续敲着键盘。

这个月才过一周，他已经请了两次假，为了防着之后再发生突发状况，他一个向来不写存稿的人这次决定多写一章留作预防。

“言哥！你跟应念间谈恋爱了，我怎么不知道！”

身为一个天天关注应念间消息，还是言硕舍友的八卦先锋，这二

其实我所有的小脾气，
不过是仗着你喜欢。

人的动向姜寿司可以说是再清楚不过了，不可能这两人在他眼皮子底下谈恋爱，他还没发现啊！可这帖子写得证据确凿，连照片都有……

姜寿司第一次在心中动摇了对言硕的信任。

“我自己都不知道。”

言硕瞥了眼姜寿司的手机屏幕，屏幕上还挂着他跟应念间的照片，看场景应该是早上退房的时候被拍到的。

学校里总有些无聊的人喜欢偷拍别人的照片，过两天选这个系的系花，再过两天选那个系的系草。

托这群人的福，他的名气在学校里一直很高，不过体谅那些人实在无聊，他也就从没追究过。

只是这次……

牵扯上一个正经人家姑娘，怎么看都觉得不妙。

“你不是学计算机的吗，删帖子总会吧。”

“拜托！学计算机又不是学黑客！况且校园网不好黑，我只能试试。”

知道姜寿司愿意帮忙，言硕的一颗心就放了下来，他继续敲键盘写着存稿。

“叮——”

手机上突然跳出一条信息。

“YNJ 请求添加您为好友。”

YNJ，应念间？

2

言硕的微信号并不难要，特别是程菀茗还在校记者会工作，随便问谁都能要到言硕的微信。

难的是言硕会不会同意好友请求。

根据程菀茗的小道消息，正常情况下，十个里有九个都会被拒绝，唯一通过的那个，性别为男。

为此，应念间故意将性别设置成男性，以确保通过率增大。

那边的言硕面对性别这栏，迟迟下不去手，最后还是点了同意。

【言硕：应念间？】

【应念间：是我，你明早有课吗？】

【言硕：你男的女的？】

刚发出去他就后悔了，他这问的到底是什么智障问题。

聊天窗口上不断跳动着“正在输入”字样，想必应念间已经看见了……

犹犹豫豫间，言硕还是撤回了消息，几乎是同时，另一边发来了回复。

【应念间：我摸了一下，是真胸。】

应念间发出去之后看见言硕撤回了消息，于是她也撤回了。这条消息在言硕眼前一晃而过，他甚至还没来得及想措辞。

她说了什么？是他眼花了吗？

应念间还不知道自己刚刚的惊人发言给言硕带来了怎样的震撼，

打了声招呼后就把手机放在了一边，埋头策划起明日的攻略——近水楼台先得月，要争取能跟言硕成为朋友！

毕竟，运气这种事应该不太好蹭，如果碰碰肌肤就能产生好运，言硕早就被蹭得锃光瓦亮，盘出包浆了，哪还轮得上她。

翌日一早，应念间就按照攻略，爬起来去食堂买了份早餐，准备借着还伞的理由给言硕带去。

宜江大学的南校区跟北校区离得远，校内公交车每十分钟一趟。

公交车刚到，站亭里的学生就自发排成长队，应念间不争不抢排在末尾，等她刷卡上车，车上早已没了空位。

她将早餐拎在手上，掌心握着雨伞，另一只手握着校园卡的同时还得拉紧扶手。

一路上公交车摇摇晃晃，应念间只觉得掌心被那卡片磨得有些发疼。

只怪她今天出门太急忘了背包，唯一的一个口袋还得用来装手机，随着车厢内的人头攒动，她一边要顾及平衡，一边还得顾及早餐。

渐渐地，那硌手的痛感在不知不觉中消失了。

应念间到男生宿舍的时候，言硕正好叼着一根火腿肠下来，她冲他大幅度地晃了晃手中的雨伞，扯出一个自认为极其热情开朗的笑容，整个人看起来充满活力。

言硕单手插口袋，书在腋下夹着，远远望见一个本是清冷的女生一夜之间转变成如此热情，惊得他差点儿没夹稳书。

“你怎么这么早就来还伞？”

“我还给你带了早餐。”

应念间奉承似的抬起了手里拎着的早餐，因为不知道言硕的口味，她看别的男生买了什么，也跟着买了些。

言硕也不知道是自己没睡醒，还是应念间没睡醒，只觉得她的行为过于诡异。他连忙推辞：“只是借了把伞给你而已，不用这么客气，我出门前已经吃过早餐了……”

最后一个音节的余音还未消散，只听一道响亮的咕噜声犹如唱戏一般柔肠百转，迫不及待地拆穿了他的谎言，让人想无视都难。

两个人面面相觑，应念间抬手准备指言硕的肚子，可又想到不能得罪他，指尖一转，对向了自己：“我发出的……”

不吃早饭是言硕多年熬夜写文形成的陋习，但鬼知道今天这肚子是怎么了，叫得那么大声，好像这些年装在他身上像是委屈了它一样。

“嗯。”他咬了一口火腿肠，细嚼慢咽地吃着，可能是空腹吃油腻的东西有些不适，才吃两口就不吃了。

应念间接收到“不好吃”的信号，心里猜测言硕可能是在后悔没接受她的早餐，迅速美滋滋地一阵头脑风暴给他找台阶下。

“我记得你也看边禾的书，他以前写过一篇文不知道你有没有看过，就是凶手把腐尸丢进火腿肠的机器里搅成肉泥售卖，后来食品局检查才发现那白色的肉都是蛆哎……我建议你还是少吃点这些东西，垃圾食品还没有包子干净呢！”

“……”

早前那篇文在一家即将停刊的美食杂志上首发，火得不成样，那些为了阻止小孩吃零食的妈妈成了最大购买力。

但一本美食杂志刊登了一篇倒胃口的文章，属于业内失职，而约稿编辑当初是看中他的流量，根本没管他写什么类型，属于工作失职。

最后这栏目确实是起死回生了，但编辑们集体引咎辞职。

业内轰轰烈烈传着“边禾一人干倒一家杂志社”，另一边火腿肠商家也没闲着，看完就起诉他造谣。

这么深刻的印象，他怎么可能不记得。

应念间急中生智给的这个台阶十分硬核，言硕抓着火腿肠迟迟下不去第三口，他写那篇文的时候从没想过有一天会把自己也恶心到。

应念间适时地戳好牛奶递到他嘴边：“来，喝口牛奶压压惊。”

“我还是吃个包子吧……哎，你刚才特别像一个给‘爱豆’打call的——”

言硕开始反击，他一脸认真地举着菜包子学了遍她先前挥伞的动作，将四肢不协调演绎得淋漓尽致。

“？？？”

应念间额上淡淡的三条纹路显露了出来。

“身残志坚的粉丝。”

“……”

去他的身残志坚！不把这局扳回来，她就不姓应！

被损了的女生不动声色地喝着牛奶，暗戳戳地想着点子回击。

言硕走得好好的，突然身子一转，挡在她面前，伸手将她眉间蹙起的波澜抚平，温暖湿润的指腹还留有包子的味道，以及一点点滑润的——油腻。

只一瞬间，忍耐力超强的应念间面容紧绷，嘴角微微抽搐，浑身上下每个细胞都对额上传来的油腻感到极其排斥。

她深深一口气吸完了手中牛奶，囤在口中“咕嘟”一次性咽下，刚刚萌发的打人的冲动硬是被她给按压了下去。

“身残志坚”的女生倔强地为了证明自己没问题，愣是当着言硕的面一路暴走回了宿舍。

她在言硕那儿受的恶气整整淤积了一个上午，受心情影响，连带着给边禾画的封面，看起来也惨不忍睹。

这本书是一条主线贯穿了所有单元文，每个故事都是独立的，只有在男主破案后才会发现关于自己母亲去世的线索。

是了，贯穿全文的主线正是男主追查他母亲的死因。

可以说，本就没什么感情戏的“边禾风格”，在这本书里体现得更加明显，女主人公就像是刚被作者从酱油厂里拖出来，硬生生塞进侦探所凑数的。

她画着画着，一张男女主深情对望的线稿成型，但不经意间已经偏离了小说主题，原本如同小溪流水般的灵感渐渐干涸，就像非洲肯尼亚龟裂的地表……

程菀茗一回来就看见应念间埋头擦着凌乱的线稿，隐隐约约还能看见些框架，她凑上去点了点屏幕上的空白处。

“把我画在这个位置，我要将我的脸印在边禾的书上！”

“女人，你这是在玩火。”

应念间在电脑上换了张霸道总裁同款冷漠脸，又把女主人公的线稿全部擦掉。

电脑页面飞速切换了几下，两张图层叠加在一起，没有女主人公的整体看起来顺眼许多，但布局却显得男主人公格外孤独。

这种孤独不是为了衬托主角内心的高级感，就是单纯视觉上孤零零的单调，像是缺少了什么。

应念间托腮沉思，考虑着要不要把男主人公他妈画上去。

程菀茗的小心愿被应念间拒绝，努了努嘴坐回自己的椅子上。

“你给言硕送早餐，没触发什么吗？”

“他差点儿触发我底线算吗？”

应念间算是比较沉稳的，各方面承受能力都不差，程菀茗有些惊讶，脚轻轻一蹬书桌，借着椅子下的轱辘再次滑到应念间身边。

“不会吧，感觉言硕虽然有种距离感，但看着还挺温和啊。”

“温和？他嘴巴简直不能再毒了！说我四肢不协调像身残志坚，还把油涂在我的脸上！”

应念间说完，义愤填膺地拍了下桌子，解完气后又继续画稿子。

自她接稿开始，画过不少种风格的封面，边禾这单原本也可以像其他悬疑文那样，设计几款简单的悬疑版式，她直接用笔刷在画板上画画就能出图。

但这本书她从开文一直追到现在，看着它“长大”然后成为被那么多读者追捧的书籍，她想画最与众不同的封面给它。

“这表示你对他而言是与众不同的！你已经成功吸引了他的注意力。”

程菀茗歪理一堆，听得应念间手一抖，线条又画歪了。

“少看点霸总文吧！智商本来就不高，别再被带得更低了。”

论毒舌，应念间其实也不输给言硕，只是早上没发挥好罢了！现在想想真是后悔，她其实可以有更好的话可以怼回去！她为什么要跑！

应念间气上加气，又愤愤地捶了下桌子。

“12 点了，你吃饭了没？不是下午有课吗？”程菀茗怼不过怒气值爆棚的应念间，她也不强求个输赢，让应念间把心里的火气发出去就行了，故而她此时换了个话题。

“……”

应念间下午的专业课 1 点开始，画封面画得太投入一不小心就耽误了时间，她简单地整理了一番桌面，拿起书就往食堂的方向走去。

一出门她就感觉漏了什么，好像是上节课老师留了几个问题，她还没写……

应念间边走路边翻书，找到了之前的上课笔记，她对照着问题查了番资料，心中对答案有了个大概，再一抬头，却发现自己竟然鬼使神差地走到了二号食堂。

3

这个食堂偏南，离女生宿舍较远，倒是离南校区的教学楼比较近，此时刚过就餐高峰期，每个窗口都是空荡荡的。

应念间点了份面，正要结账，可翻遍全身也没找到校园卡。

她有些无奈，刚准备开口询问阿姨可不可以将这份面退掉时，一只骨节分明的手捏着一张校园卡，越过她的肩膀，按在了刷卡机上。

“阿姨，刷我的，然后我再点份跟她一样的。”

熟悉的橙花与橡木苔香气扑鼻而来，清新却不过于寡淡，只有靠得非常近才能闻到这味道，此时这气息环绕着她，甚至盖过了食堂内的烟火气，好似将她圈在了一小块净土中。

应念间木讷地端着盘子往旁边挪了挪：“你刚下课？”

“嗯。”言硕端着面亦步亦趋地跟着她，又提了两步与她并肩，“你早上是不是生气了？我不是故意逗你，就是觉得你——”

挺好玩。

可事后想想，尽管他听说过不少关于她的事，自认为对她熟悉得像个朋友，但于她而言，他只是一个昨天才认识的男同学。

突然被半熟的男同学摸脸，正常人都会生气，他后知后觉地意识到自己可能触到了她的逆鳞，想道歉时，应念间连人影都没了。

应念间低着头，找位置的路上一路沉默。

这人到底是真不明白，还是揣着明白装糊涂，一碗面泯恩仇不好吗，真是哪壶不开提哪壶！

她现在是该回答“谢谢，有被气到”，还是该回答“我哪有那么小肚鸡肠”？

……

不管是哪个，都有点儿小家子气，一点儿也不像她。

“我加了个暴走族的群，每天都要打卡。”她找好位置，说完就将头埋进了面碗里，努力表现出平时吃饭的状态。

言硕一口面条挂在嘴边，似是没想到都这个年代了，暴走族还能拉到新鲜血液，不禁感叹道：“你……挺带劲儿。”

“强身健体罢了。”应念间理了理耳边的碎发，换了个不那么尴尬的话题，“对了，你早上看见我的时候，我手里有拿校园卡吗？”

她刚刚站在窗口处想了半天也没在印象里搜寻到关于校园卡的记忆，最早的记忆还停留在早上买完早餐，见到言硕之后她就回了宿舍。

如果在宿舍的话，她离开前应该会在书桌上看见才对。

应念间蹙着眉头，仔细回忆早上跟言硕见面时的情景。

她长相清冷，五官比一般女生硬朗，蹙着眉头的样子让她看起来还有点儿可爱，然而此刻言硕却只想将她眉间的“川”字纹抚平，就像早上那般。

他怕不是有什么强迫症吧……

“你当时只拿了伞跟早餐，”言硕沉思了一下，提了个小疑问，“你早上也是暴走来的？”

“坐……坐公交车。”应念间为之前的谎话感到一阵心虚，悄然间红了耳垂，又将头埋进了面碗里。

“那吃完我陪你去终点站找找。”

“公交车一天来来往往几十趟，还是算了……我再回宿舍找找吧，实在找不到的话，反正补办流程我也比较熟。”

照她以往的倒霉事迹来看，多半是找回无望，早就被人捡走了也说不定。

在一切倒霉事面前，应念间早已学会了“习惯性放弃”，连最后的挣扎都懒得扑腾。这会儿真正让她感到丧气的，是她明明已经对言硕那么好，不仅没蹭到好运，还赔了夫人又折兵！

也不知道是她对他献殷勤的程度不够，还是她已经倒霉到无可救药。

总之，应念间在“攻略言硕”的第一天就放弃了继续攻略的想法，世上再好运的人都阻挡不住她衰气冲天的霉运。

这点自知之明，她还是有的。

下午的设计课讲的是理论知识，学生学起来有些枯燥，还不如数窗外的飞鸟有趣。

秋日的天黑得比夏日早，地平线上的晚霞像熬了三个月的糖浆，浓稠金黄，饱和度极高。

应念间几节课上下来，视线逐渐模糊，走在回宿舍的路上时，她浅浅地打了个哈欠，眼眶中迅速积满了泪水，透过一片多边形的画面，眼前的景象像被分割成了不同板块，看似独立，实则擦干眼泪后还是一个整体画面。

应念间揉了揉眼，不禁联想到了边禾的书。

倘若利用万花筒的结构填充封面，花里胡哨的颜色看似凌乱，实则都有自己的规则，再把镜面处理成倒映着每篇文中“凶器”的样子，则更能突出这本书的特色！不过大面积的框架构图处理起来要花些劲儿，得先从一个个小镜面画起。

她预感到自己可能会耽误交稿的时限，但这个设计想法独特又新颖，着实配得上边禾的文字……

两难的纠结之下，她垂着脑袋，一路数着宿舍的台阶往上走去。

楼梯上一个粉色身影远远瞧见应念间后，直直地朝她扑了过来。

应念间被扑得猝不及防，慌乱间一手攥住扶手，一手搂住了她。

好在女生也懂些分寸，不仅没将全部重心压在她身上，还伸出了一只手臂搂着她，防止她往后倒。

“发生什么事了？”

“你的校园卡被我捡到了，当当！”小西像变魔术般将一张卡片变出，夹在指缝里。

闻言，应念间立马站好，瞳孔像地震般盯着那张卡，迟迟不敢接，像是突然被天上的馅饼砸晕了头，惊喜之余还显得格外不可思议。

“这、这、这……”

“我在公交车上捡到的，本来想送去失物招领处，发现是你的，就给你带回来了。”小西笑起来眼睛弯弯，露出了两颗小虎牙，并没意识到应念间见到这卡之后情绪起伏有多么反常。

应念间长长地吸了口新鲜空气，激动到颤抖的双手从小西指缝里接过卡片，生怕把它再弄丢。

她把校园卡反反复复看了数遍，连上面细微的划痕都没放过，在确认过这就是自己丢失的那张校园卡后，她的眼前出现了前所未有的幻觉……

只见，言硕一副普度众生的模样，双手合十盘膝坐在一朵巨大金莲之上，周身还泛着夺目的金光。

“天哪……我好像，真的蹭到了。”

4

校园卡的事，让应念间彻底打消了对言硕的疑虑。

尝到了一点儿甜头后，她整个人一扫愁容，像打了鸡血一样亢奋，巴不得天天都能跟言硕见面。

只可惜还完了伞，他们之间就没有了见面的理由，应念间现在格外后悔为什么要那么早去还伞，她甚至想过偷偷潜入男生宿舍，再把伞偷出来。

空有一腔热血，奈何无处释放。

……

所以在得知北校区的操场需要修整，他们的体育课要到南校区去上时，应念间差点儿以暴走两万步来庆祝一下。

这就意味着她可以制订新的攻略，跟言硕来场巧遇。

“欸，你上次跟言硕的帖子都被加精了，怎么这会儿没了？”

现在的人都是用微博比较多，程菀茗偶尔想看些小八卦才会去校园论坛逛一圈，几天没刷新，应念间跟言硕的帖子不见了，搜都搜不到。

“没了正好，你帮我看看这个。”

应念间将新写好的攻略递给程菀茗。

“故意从男生宿舍绕路，假如……”纸上写得很详细，详细到有些不切实际，程菀茗越看脸色越差，恨不得掀桌咆哮地问她，到底是谁天天偷看霸总文。

“就这？就这？”

“这程度还不满足？”

“还不如找几个猛男把言硕逼到角落，然后你去‘美救英雄’。”

“……”

结果一到南校区，连言硕的面都还没见着，应念间就先被晒蔫儿了。

前些时候下了几场雨，昼夜之间温差骤然变大，西河市彻底进入了秋季，随之而来的还有秋老虎。

将近正午的阳光好似夏日卷土重来，甚至比夏天的太阳还要灼热，稍微动动就汗如雨下。

应念间跟程菀茗像两个过了期的咸鱼罐头，静静地蹲在操场边，一动不动看着寸草不生的足球场。

恍惚间，应念间开始怀疑自己是否还在宜江校内。

程菀茗抹了把即将流入眼睛的汗水：“宜江怎么会有这么贫瘠的地方？”

在宜江大学的位置演变史上，北校区是近几年才拓展的地盘，而南校区是最早的那一小片地盘，因此一些设备、建筑都不如北校区的新。

再者，这个操场实际早已成了附近居民夜间散步、跳广场舞的地方，只是他们的体育老师没将体育馆申请下来，所以就带着学生来了这儿上课。

“我感觉身上的汗都快晒出盐了。”

程菀茗怀疑应念间是不是晒得中暑了，刚想转头试试她额上的温度，又立即转了回去。

“嘿，这太阳照得你皮肤反光，白得刺眼。”

“……”

“你说要是没有重修的话，咱们现在吹着空调追着剧，来顿火锅它不香吗？”

大三的课程里原本已经没有体育课了，只是这对“难兄难弟”之前欠的债一直还不上，最后只好重修。

两人一个重修太极，一个重修短跑。

课上除了她们，还有几个刚军训回来的大一新生。

这些学生近两日刚结束军训，个个皮肤晒得黑黢黢的，纵然应念间她们的身高个头与这些孩子差不多，但光看肤色就能准确辨清楚年级的不同。

应念间皮肤冷白，此时被太阳晒得更白，在一群小麦色皮肤的学生里很是扎眼。她微微往后挪了挪，试图将自己淹没在队伍里。

“这节课测两百米，念到名字的先来。”

体育老师翻着记录本，看见一个熟悉的名字之后，撇撇嘴在那名字上画了个圈：“应念间，梁琪，房瑶瑶，出列。”

除了应念间，另外两个女生听见自己名字之后都统一喊出了一声响亮的“是”，然后迈着铿锵有力的步子走出了队伍，站定的时候，应念间甚至还听见了几声整齐的跺脚声。

跑道上的白线经过了大妈们多年的广场舞踢踏，早已淡得断断续续，连刻画的米数都没了。应念间认准了自己那条跑道，目光坚定。

哨声刚响，旁边一个女生就率先冲了出去，身姿矫健，将其他人远远地甩在了身后。

应念间许久没运动，在烈日下蹲着都犯晕，一团火在她的身体里熊熊燃烧，扑面而来的风靠近她后都被灼得滚烫不已。

日晕越来越大，眼前的白线也越来越淡。

跑着跑着，再次看到白线的时候，身旁的女生小声找她搭话，嘴张张合合，听不清在说什么。

“你跑错道了，这是我的，我的。”

“不好意思……我晕体育。”

应念间上次跑步的时候还是在烟火大会的那个晚上，那次一心扑在钱包上，只想着赶紧抓住小偷，当真是拼了命跑，才会挖掘了自己的潜力。

可今天别说偷她东西了，就算是后面有只恶犬在追她，她都跑不动。

应念间晕晕乎乎地跑回了自己的跑道上，只可惜为时已晚，早在她把房瑶瑶挤到旁边跑道的时候，体育老师就已经盯上她了。

这个一直补考重修的学生真是让他头疼不已，他回回测试都想放水，可应念间回回都不给他放水的机会，也不知道是不是看他的课没人选，故意不肯走。

“应念间、房瑶瑶没成绩，下组继续。”体育老师铁面无私，提笔就在记录本上画了两个叉，丝毫没有挽回的余地。

远处的程菀茗还在打着太极，动作比八十岁的老大爷还像八十岁，不出意外，她们两个人可能要一起重修到毕业。

“……”

应念间擦了把额头上的汗水，收回目光，走到被她连累的房瑶瑶身边：“学姐请你吃冰激凌给你赔罪。”

她跟程菀茗之前蹲在操场边的时候就注意到校外有家超市，只不过因为要上课，离得较远就没去。

现在测完短跑，正好可以去买点冰水回来降降温。

房瑶瑶心里不是很情愿，她刚从高三升为大一，对成绩、荣耀还有规章制度都看得很重，老师还没下课，她哪里敢翘课去买冰激凌。

应念间见她别扭得很，以为她还在生自己的气，摸了摸鼻子心虚道：“那你在这儿等我，我去买。”

“哎，哎，学姐，”房瑶瑶见她一个人说走就走，又觉得心里过意不去，“你等等我啊！”

两个人猫着身子沿着墙边钻了出去。

可能是附近有居民区的缘故，这家超市占地面积很大，商品分类也细致，一楼卖的是蔬菜跟瓜果，二楼是零食跟日用品。

应念间一进去就带着房瑶瑶直奔二楼，二楼的冷气比楼下足得多，摆冰柜的地方更是阴冷，没一会儿身上的汗水就被逼了回去。

应念间俯身在冰柜上找程菀茗爱吃的口味，挑了半天才找到一个。

一旁的保洁阿姨等了又等，忍不住提醒她：“学生，先让一让，我拖下地。”

冰柜的四周因为柜门常开，有时会化些水出来，所以时常要清理，否则踩来踩去，脏就不说，还容易滑倒。

应念间闻言来不及将柜门拉上，躲到了一旁。

保洁阿姨将地上的水渍来来回回拖了两遍，推着拖把一路又走到了另一个柜子前。

应念间本想绕开那片湿地，到旁边的冰柜里再去挑挑，却发现自己刚刚还没把柜门关上，她又踮着脚踩上了刚拖过的地方。

在别处挑选冰激凌的房瑶瑶突然一个百米冲刺向她跑来，激动地抱着她的手臂，紧张的声音像是在强制按捺着什么情绪。

“学姐快看，那边有个男生好帅！啊，他看过来了！”

应念间抬头顺着房瑶瑶的目光望去，发现那男生也在看她，视线对上的电光石火间，她当即换上那副对着镜子演练了数遍的笑脸，迈着步子向他跑去，生怕他消失。

白瓷地砖刚刚被拖过，残留的湿润被冷气吹拂了半天变得又冷又潮。

应念间刚跨了两步，脚底正好踩在了一块滑溜溜的地砖上，还没来得及抓住一根救命稻草，只觉得腰间被冰柜的边缘硌了一下，整个人当即倒栽进了旁边的冰柜里，越挣扎陷得越深，她被一片黑压压的冰激凌淹没了。

房瑶瑶没见过这状况，被吓得失了神，也顾不得看什么帅哥，急忙帮她拨开冰激凌。

言硕逛完日用品区本是打算去买瓶冰水，他早就看见应念间了，只是她没理由出现在这么偏的地方，因此也不确定是不是她……直到那女生再次对他露出那诡异得有些可爱的笑容，他才敢确定。

言硕几乎是在她跌倒的同时就动了，他三步并作两步赶到了冰柜旁，拉着她的胳膊将她从一堆冰激凌中拽出。

应念间的头发上还挂着碎冰，脸颊不知是被冻的，还是先前被晒的，通红一片。

这场事故引起超市内不小的轰动，除了附近居民，还有宜江的大学生也在围观，言硕将打算结账的毛巾搭在应念间的脑袋上，一路牵着她走出人群。

应念间任他牵着，全程一句话也没有，所有的委屈与难堪都憋在了心里自己消化。

走了一段距离，耳边嘈杂的声音没了，她刚想伸手抓下毛巾，言硕却先她一步将毛巾拿下，还顺带从她手中拿走了她为程菀茗挑的冰激凌。

言硕看了眼一直处于蒙圈状态的房瑶瑶，眼神示意她将手上的那袋冰激凌一并交给他。

结完账，言硕又拿着那条毛巾回来，将它放在应念间的头上小心擦拭。

冰柜开了一个夏季，底部储存了不少冰块，细碎的冰块随着应念间的头发被带出冰柜，经过了温度的转变，早已融化成一颗颗小水珠，打湿了她的头发。

房瑶瑶拎着袋子，颤颤巍巍地从里面拿了两根冰激凌交给应念间，很有眼力见地说道：“学姐，我先走了。”

“好……”

这么丢脸的事情被那么多人看见了，应念间纵然有再强大的心理承受力也抵不过有一张薄脸皮。

房瑶瑶走后，应念间垂着头，默默盘算着怎么跟言硕开启第一个话题。

察觉到男生还在替她擦头发，应念间的脸顿时红了个透，她急中生智地将手中的冰激凌塞给言硕，夺回了毛巾使用权。

“回过神了？”

言硕勾起嘴角微微弯腰，顺着毛巾的缝隙偷看她，惹得女生立马捂着毛巾转了个方向。

这姑娘身上到底是背负着狗血秘闻，还是被妖魔下过远古诅咒？身上的霉运放眼全世界，估计也是她称第二，没人敢称第一。

她真是回回都能让他着重感叹：世界之大，无奇不有。

应念间双手拽着毛巾的边角，将自己的脑袋包裹了起来，随即情绪渐渐变得低落，她像是自言自语一般喃喃道：

“这类状况我经历了无数次，嘲笑声也听过不少，你不用太在意我的心情，没什么的。从小到大，我结交的朋友都因为害怕跟我一样倒霉，所以不带我玩，师生同学会也从来不喊我，就连我舍友……”

应念间这个谎撒得太投入，一时间光顾着情绪真实，没顾得上台词，脑中一根弦“嘭”的一声断了，后续的台词像卡壳了一样迟迟想不出来。

她咬着嘴唇，大脑里的文字多到数不清，却很难将几个字揉成一句话接上去。

来前她仔细研究过攻略，发现一切攻略的前提，都得两个人是朋友才好实施，可她跟言硕顶多就是认识而已。

想要成为朋友，首先得有一个感情过渡的桥梁。

原本程菀茗“美救英雄”的提议，她也考虑过，但总觉得太浮夸，还差了点什么。

经过这次遭遇，她知道差什么了。

差智商，她没有。

“舍友怎么了？”

言硕绕了半圈，站在她面前，正好能看见她一语不发地咬着嘴唇，似是很委屈。

向来不太擅长哄女生的言硕很害怕她会突然哭出来，于是想拍拍她的后背，却发现够不着，于是退而求其次地拍了拍她的胳膊。

他写的小说桥段里，男主角一般都是这么安慰女主的，没一会儿女主角就会自己好起来，他希望应念间也能如此。

然而女生的脑回路跟男生怎么能一样，本就卡壳的应念间正争分夺秒想措辞呢，这会儿突然被言硕“哥们儿”似的拍了拍胳膊，一时间，脑中的词句全被打散……

他这举动是要跟她发展兄弟情的意思吗？

“哎，都过去了。”

她挠了挠鼻尖，摘下毛巾，还给言硕。

言硕见她想开了心中顿时大喜，敢情他写的情节还是很正确的，下次一定要找机会让应念间亲自把他“小琼瑶”的头衔给摘掉！

“言硕，谢谢你，你是第一个对我这么好的——朋友。”应念间心里对程菀茗默默道歉。

说完这一长段的话，她长长叹了一口气，眉头被日光刺得不自觉地皱起，倒添了半分多愁善感。

言硕将最后一点儿冰激凌含入口中，冰激凌在舌尖慢慢融化，化成了一片甜水溢满口腔，冰冷的舌头回了温，开始汲取丝丝甜意。

他抬手，搭上应念间的眉头，温柔地抚平了“山丘”，将那些不悦一一抹平在沟壑。

“啧，讲出来多肉麻。”

望着他空荡荡的双手，应念间问道：“房瑶瑶不是给了你两支吗？”

“你在演……说话的时候，我看冰激凌快要化掉，就吃了。”

他的手还按在她的眉头上，控制着她不皱眉。

应念间默默反抗，眉头紧紧地往一起皱。

两个人争执不下，言硕突然换成手掌，按在了她的额头上。

体温正常。

这人倒霉归倒霉，体质倒挺好，早知道让她吃一根了。

5

男生宿舍跟操场是两个方向，应念间跟言硕在超市门口分开，又沿着来时的那条小路顺着墙缝钻了回去。

她回去的时候已经下了课，程菀茗找了个阴凉地等她。

应念间刚从墙缝里露了个头，程菀茗就立即迎了上去。

“小学妹说你栽冰柜里了，要不要陪你去量个体温？”

“不用，没埋多久。”

程菀茗不信应念间的话，抬手在她额头上试了下温度，行为举止与言硕一模一样。先前没脸红的女生此时回忆起来反而红了脸，被程菀茗抓了个正着。

“听说你遇到一个颜值超高的男生……”

她跟应念间的好奇心不同，应念间纯属是对神秘的东西感兴趣，而程菀茗则是太上老君的八卦炉转世，绯闻就是她的生命源泉。

应念间瞥了她一眼，自知什么都瞒不过她，老老实实地说：“是言硕，我就是想过去跟他说话才脚滑的，不过也还是有收获的，他现在已经被我套路成哥们儿了！”

“哥们儿？你放着情侣关系不发展，竟然跟他拜把子搞兄弟情？你怎么不拉上我去桃园三结义呢！我以前竟然没发现你是个钢铁直女……”

程菀茗扶着晕乎乎的头，感觉血压一路飙升。

“我试图发展过，可你都不知道言硕有多直，第一次见面就挑明问我是不是踩到屎，上次还说我身残志坚，这次连冰激凌都没给我留……我发誓，我应念间就是老死病死孤独死，都不会喜欢言硕。”

“……”

感情这种事，命里有时终须有，命里无时莫强求。

或许早在他们第一次见面时，关系就已经确立好类型，发展成情侣的浪漫情节应该是她无意中撞到他，烟花正巧在此时燃放，他们借着烟花的光亮对对方一见钟情……而不是她穿着一双踩了屎的鞋子将他撞飞，还跌在他的身上。

反正不管什么关系，能接触到言硕就行了。

程菀茗似乎是想到什么，手指敲了敲脑袋。

“大一军训的新生回来了，过两天每个系都要办迎新晚会，小语种系的主持应该又是言硕，你要不安排个计划实施？”

言硕的高考成绩在本省名列前茅，几所大学的招生办纷纷向他伸出橄榄枝，可他连考虑都没考虑便全部回绝，直接收拾行李出省，去上了第一志愿——宜江大学。

宜江大学很看好言硕，校内举办的大小活动都让他主持，还让他参与流程策划，小道消息说校方有意让他留校当老师，所以才会现在就被重点培养。

言硕既然要当主持人，还得跟流程策划，那需要帮忙的地方应该不少，正合了应念间的意。

应念间站在学校的超市里，望着货架上的几种饮料迟迟下不去手，她既不知道言硕的口味，也不知道他有没有特定的喜好。

考虑到身为主持人要保护好嗓子，她把甜味饮料全部踢出了选择范围，挪了几步走到摆放矿泉水的货架前。

货架上放着两种牌子的矿泉水，不禁让她想起了最近网上吵得很厉害的一个话题：你是“百事党”，还是“可口党”？

这两款可乐于她而言其实并没什么不同，因为让她选择，她会选雪碧。

……

保险起见，应念间滑开了手机，找出跟言硕的对话窗口。

【应念间：你平时是买怡宝还是依云？】

那端的言硕正在台上走位，手机放在台下充电，让舍友姜寿司帮忙看管着。

姜寿司只觉得桌下微微一振动，他从桌洞内摸索出屏幕未熄的手机，也没看是不是自己那部，二话不说就拔了充电宝滑开屏幕。

【正经人家的姑娘：你平时是买怡宝还是依云？】

姜寿司猛然惊觉自己拿错手机，一不小心发现了言硕的秘密，心里又是焦躁又是亢奋，手机像个烫手山芋一样在他手中来回掂了几下，他赶紧揣进怀里，装作什么都没发生。

怀中的手机再次振动一下，姜寿司牢牢地将它捂得更紧了些，经过一番激烈的思想斗争后，他边对着言硕的方向道歉，边慌张地滑开了手机。

【正经人家的姑娘：依云？】

【言硕：农夫山泉。】

【正经人家的姑娘：嗯嗯，排练地方见。】

收到消息的姜寿司克制不住地疯狂抖腿，哪怕之后言硕发现会把他暴打一顿，他也不在乎了，没有什么比知道言硕女朋友是谁更重要！

应念间目光扫视了一圈货架，发现农夫山泉只剩下五升装的了，五升装的矿泉水是什么概念呢？

大概能把言硕喝吐吧……

所以当应念间挂着专属的热情笑容，提着五升水健步如飞地朝言硕奔来时，他有一瞬间以为应念间在兼职替他们送水，直到想起附近根本没有饮水机，那阵阴森森的凉意才爬上后脑勺，陡然一阵头皮发麻。

“你怎么来了？”

“我给你发过消息了啊，不是还问你喝什么吗，但农夫山泉就剩这型号了。”应念间耸了耸肩，很无奈的样子。

她问？她什么时候问的？他一直在台上走位，连手机都没摸到。

话到嘴边，又被言硕咽了回去，他转过身子，眼尾余光轻飘飘地扫向了罪魁祸首。

姜寿司此时正趴在桌上，偷偷从缝隙里观察他们的一举一动。

与言硕对上视线后，他立马将头扭了过去，心底不断默念着老天爷来保佑自己。

“姜寿司？过来解释下。”

言硕从应念间手中接过那桶巨无霸放在了旁边的桌子上，交接的瞬间，他看见女生白嫩的掌心被瓶口的挂环勒出了一道深深印子，颜色夺目刺眼。

“姜寿司！”罪魁祸首还装模作样地趴在桌上，言硕不自觉地将声音提高了八度，带着些愠怒。

场内排练的人被言硕一吼，齐刷刷地望了过去。

言硕的性格不错，连平时拒绝女生们送水都尽显风度，不让对方难堪，原本围观群众都在偷偷揣测这个送水的女生到底和他是什么关系，这会儿主人公突然又加上了一个姜寿司，言硕还那么生气……

这些围观的人纷纷将目光追随到姜寿司身上，一部八点半黄金档的三角恋故事在脑海中成了形。

姜寿司有生之年第一次在万众瞩目之下走路，也不知是被注视得有些慌张，还是迎上了言硕阴鸷的眼神后吓的，他险些被脚下的台阶绊倒。

“嗨，我姓姜，生姜的姜，吃寿司的那个寿司。”

姜寿司入学多久就关注了应念间多久，只要是论坛上关于应念间的帖子他都能记得清清楚楚，可能比应念间本人还要记得她发生过哪些倒霉事。

倘若应念间要将这三年的衰事整理出来，他一马当先冲上去提供记忆。

“是你干的吧。”言硕稍一偏头，示意姜寿司看旁边桌上的矿泉水。

姜寿司不敢出声，求饶的眼神投向了对面的应念间。

原本就一头雾水的女生还在想言硕为何生气，她所知道的信息不比那些八卦群众多多少。接收到姜寿司的眼神信号后，她还以为他是在让她退开，很自觉地往旁边座椅上挪了挪，加入吃瓜群众一起围观他们的“爱恨情仇”。

“……”

姜寿司眼睁睁看着应念间退出群聊，却没有任何能力挽留，他只好硬着头皮向言硕告饶。

“言哥！哥！我这辈子没跟女生聊过天，一时鬼迷心窍，绝对不是故意整她！”光给言硕道歉还不够，姜寿司又坐到了应念间对面的椅子上，态度诚恳地握着她的手，“大老远扛来您也不容易，我给您捏捏手。”

绯闻中心点的画风从“三角恋”变成“兄弟情”，现在又变成了“单箭头喜欢”。

几个女生的好奇点始终在应念间身上周旋，格外好奇这女生到底是有多大魔力，能够让画风转变得如此之快。

盯得久了，记忆里的一些东西便自己跑了出来，周围细碎言论中只听得见几个词语“烟火大会”“宾馆”。

应念间突然受到一群人疑惑的目光，她连忙将手抽了出来。

“意思是说，刚刚跟我聊天的是你？”

姜寿司乖巧地点点头，认错态度非常良好。

“是因为你也渴吗？”

“他渴什么渴。”

言硕靠在身后的桌子上，脸色似与平时无异，但只要仔细看，便能看出他眼底藏着些戾气。

应念间那话是对姜寿司说的，后者还以为应念间是在给他铺台阶，顺着台阶便往下走：“我渴的。”

应念间目光呆滞地在言硕与姜寿司之间来回游荡，似是被姜寿司这回答打得措手不及。

“那……这次要不你们先分一下，下次我再单独给你带？”这可是她用来讨好言硕的水啊！

“好。”姜寿司话音刚落，言硕咳了两声清清嗓子，姜寿司又立即改口，“不不不，今天天气不错。”

“随便你们，我先走了。”

应念间原本还想问言硕下次的排练是什么时候，可是一群人盯着她，她有些不好意思。

殊不知她这次已经被八卦群众偷偷拍了下来，传上了论坛。

应念间前脚刚离开，言硕后脚就跟姜寿司算私仇，胳膊肘狠狠地钳制住他。

“看我的手机？”

“失误，真的是失误。”

“你以为谁都跟你一样皮糙肉厚？大老爷们儿把握点度行不行。”

排练大厅离教学楼很远，附近没有开设小卖铺跟超市，从应念间掌心勒出的纹路来看，多半是从图书馆旁边的小超市提过来的，走了很久。

多年写文经验，让言硕只要稍加推理就能判断个八九不离十，只是推理完之后不仅没有优越感，反而心里堵得慌。

从没接受过女生送水的言硕，突然当着姜寿司的面拧开了那桶水，双臂用力将它举到了嘴边，就着瓶口喝了起来，瓶口有些大，淅淅沥沥的水顺着他滚动的喉结流进了衣领，微微浸湿。

他喝完擦了下水渍：“抱歉，我向来吃独食，水也是。”

“……”

本就没对那桶水起小心思的姜寿司立马狗腿地接话：“我就随便说说，其实我不渴，一点儿都不渴。”

这场明争暗斗，对方根本不接手，言硕像是一拳打在了棉花上，他拧好盖子，凝视着那桶水表情有点儿严肃。

一个自诩“正经人家姑娘”的女生，最近为何总是对他无事献殷勤？

想来，她对他第一次表现出热情，是在还伞的那个早上，不过当时只以为她是为了感谢，便没当回事儿。

难不成是后来她喜欢上他，所以在超市……言硕按着太阳穴，将这个危险的想法紧急刹住。

她当时可是想套路他来着，怎么看都像居心不良，哪里是喜欢，可她一个女生又能对他做什么呢……

或许是应念间比别人更懂得感恩，不过这“感恩的心”持续得也太久了，久到他有点儿害怕。

言硕撞了下旁边的好兄弟，问道:“你觉不觉得应念间有点儿怪？”

“怪？怪好看的，性格也比别的女生好……嗷！疼！”姜寿司捂着被言硕捣到的肋骨，反手一拳打在言硕身上，“你不就是想说她喜欢你吗？”

言硕果断否认：“不可能！”

应念间那张热情的笑脸，总给他一种到了旅游景点，被不良商贩坑蒙拐骗的错觉。

他身为悬疑作家，自认对人类的心思把握得再清楚不过。

“她是不是想算计我？”

“你也去查查脑子吧。”

Chapter 03 小谎话精

路见不平一声吼

NIJIUZHANGZHEWOXIHUAN

1

对待言硕，应念间就像是在打游戏，游戏中有NPC，现实中言硕就是她的NPC。

NPC都是冷漠没有感情的机器，想要提升好感度只能不断接任务，提交任务。

言硕最近的行程除了上课便是去参加迎新晚会的排练，应念间根据他的排练行程制订了一系列新的攻略。

刚放下笔，宿舍的门被一道重力推开，程菀茗戴着个口罩冲了进来。

“念间！念间！阿嚏！”

西河市前一天还是高温，一夜之间就骤降了十多度。

应念间昨晚被冻醒，睡意迷糊中求生欲爆棚把空调开成30度才躲过一场病，可对面的程菀茗就没这么好运，冷热交替，直接把她给冻感冒了，今天鼻子都擦红了一片。

应念间似是被程菀茗点醒，重新拿起笔在攻略上见缝插针写下一行“保护嗓子”。

“你又出现在论坛上了。”程菀茗擦着鼻子，声音闷闷的，有些听不清。

校论坛原来是交流学术的地方，偶尔连老师上课的课件都能找到，可不知从何时起，成了选校花校草、分享新鲜事的地方。

程菀茗翻了半天，又搜索关键字，上一秒还在眼前的帖子下一秒就像淹没在了大海之中，怎么找也找不到，时间越久，应念间的好奇心越足。

“说我什么？”

“学校论坛怕不是有什么毛病，老吞帖子，刚才还看见现在又找不到了。”

程菀茗觉得有些不对劲，又怀疑自己是看花了眼。

“你昨天给言硕送水时被拍下来了，说什么来着……”

“说我追求他呗。”

类似于这种追求的帖子，程菀茗跟她说过不少，其中“隔壁系的系花情人节当天被男生套上麻袋扛到垃圾站告白”当数她心中的八卦之最，一直无法被超越。

现在的人真是太闲了，总想着往热油锅里加几滴水，好让它炸一下。

“说你把言硕当垫脚石，其实是想接近他舍友！我怀疑是不是我老眼昏花看错了，没听说南校区有人比言硕还帅啊……”

实则这篇帖子在昨天应念间走后就已经被传上了校论坛，不过姜寿司发现得及时，没等帖子发酵就把它删了。

帖主也是头倔驴，发现帖子被删之后又发了一篇，一直跟姜寿司断断续续斗到现在，不知情的言硕以为他在偷懒，走过去将他的手机没收。

“有事先放一边，装完灯我请客。”

争分夺秒的事情哪能先放一边！

他用手机删帖的速度已经落后不少，都恨不得现在立刻冲回宿舍开电脑战斗，要是现在连手机都没了，岂不是让他这个黑客名誉扫地！

姜寿司急了，一路小跑缠上了言硕：“真有急事！急事！这场战斗我可是赌上了人格。”

“你有人格吗？”

“我没有，我赌了你的。”

“？”

言硕缓缓发出一声疑问，世界在他眼中变得些许魔幻，他甚至怀疑是不是宇宙颠倒、地球逆转了，否则为什么突然间一个两个都在算计他，到底图他什么？

“你听我解释！昨天应念间来送水的时候，被拍下来发上论坛了，一堆乱七八糟的人全在胡说八道！我哪能允许人家被欺负！是吧！应念间多好啊。”

姜寿司对应念间的印象挺不错，人挺仗义，于是自动就将她划分进了“自己人”那一栏，自己人无端被猜测出一堆黑料，他哪能坐视不管。

言硕摸着下巴上新长出来的胡须，将手机还给了他。

今天应念间的“攻略大计”依旧在进行，考虑到姜寿司上次也找她要了水，她这会儿特地多买了一瓶带去，还提了一袋东西。

场地内，除了舞台上的几个人外，其他排练的一个人也没有。

言硕正在帮忙运输器材，余光瞥见应念间进来，他毫不迟疑地将头转了过去，唯恐被她发现。

经过了一晚上的推理，他十分坚定地认为女生在还伞的前一天定是经历过什么——

比如跟一群人玩真心话大冒险输了，被派来折磨他。

又或者是她被雷劈中。

鉴于那天并没有打雷，因此他更偏向于是应念间玩游戏输了。

原本以为知道应念间的目的后便能有应对措施，然而他发现自己除了躲着她，真是拿她一点儿办法都没有。

早上感到气温骤降，言硕挑了件蓝色的工装外套，此时跟装灯的师傅们站在一起，藏得极好。

应念间探头探脑地寻了会儿身影，硬是没找到人。

姜寿司站在折叠梯上，远远地发现了应念间的身影，激动地朝她挥了挥手，又热心地替她指出了躲在人群中的言硕，生怕应念间没找到。

“念间！快过来！言硕在这儿！”

企图挣扎一下的言硕连忙对他打手势，示意他别再喊了。

可姜寿司一心扑在应念间身上，哪里还能注意到言硕，他喊得一声比一声洪亮，言硕恨不得拿胶水封住他的嘴。

一转身，应念间已经朝舞台跑来。

不够坦诚的男生理了理衣服，稍显尴尬地想迎上去打个招呼，却见女生直接跑到了姜寿司那边。

“寿司，我给你带了水！”

台上放着一堆凌乱的器材，应念间没敢上去，怕给他们添麻烦，只在舞台的边缘找了张桌子，把袋中的两瓶水摆在了桌上，其余的还留在里面。

言硕心里还在好奇他们什么时候发展成可以互相喊“两字昵称”的关系，定睛一看，发现她拿来的塑料袋上有一个大大的“药”字，顿时一股熟悉的凉意再次爬上了脊背……

姜寿司一听给他带了水，噌噌噌从折叠梯上滑了下来，一个跳跃直接从台上跳到应念间身边，他疑惑地翻了翻袋中的东西。

“你生病了？”

“给言硕带的，”说着，应念间这才想起了此行的目的，她拿起一盒含片展示给言硕看，“最近气温降得厉害，嗓子不舒服的话可以含一片这个，平时也可以吃，防患于未然。”

“……”

言硕有些无奈地揉了揉眉心：“十几盒？”

“啊？”应念间用手指在袋子里数了数，她只让医务室的医生把所有含片都装给她，却没数多少盒，想着含片吃得比药快便没太在意，“可以分点给寿司。”

被忽视又突然被重视的姜寿司有些受宠若惊，言硕若有所思地点了点头，似是同意了她的建议。

可还没等应念间露出标志性的笑容，言硕摘下工具手套，长腿一迈从舞台上跳了下去，他直接提起袋子系了个小结，塞进自己包里，然后无情地将应念间转了个身，一路推着她向门口走去。

“谢谢你的好意，等我这里忙完后再请你吃饭，你先回去吧。”

应念间很不情愿地被言硕推着走，听见他说自己忙，还不忘善意地提醒：“我可以帮忙！宿舍灯泡坏了都是我换的！”

“不需要。”

“要的，要的！她帮我们拿拿灯具就行了。”姜寿司一把拉开言硕，解救了应念间，“才来就让她走，言哥你也太不够意思了。”

言硕目光锋利地看了眼姜寿司，敢情不是你被算计！你有恃无恐是吧！不行！没有商量余地！必须走！

台上的师傅们装完一排灯架，被这边的吵吵闹闹吸引，笑着解围。

“小姑娘拿得动灯具吗？我这缺个打下手的。”

“拿得动！”

应念间率先接过话茬儿，生怕有人替她回答，做完主线任务，还意外触发了隐藏任务。她当然不会放过这次机会，反正这项工作是由言硕负责的，她给谁打下手都是间接性地帮他。

只见她对着言硕热情一笑，绕开两个男生往台上走去。

这个大厅的灯具、音响都是临时装的，可照理说这种能容纳百人的大厅该有固定的器材才对，怎么会平添这么多麻烦？

应念间答应帮忙就绝不会含糊，奈何她见什么都觉得好奇，越想把好奇心压下去，越适得其反。

好不容易一场大工程结束，应念间问了跟她搭档的师傅：“师傅，大厅这么大，不该是设备齐全的吗？”

“这个啊，我们也不知道。”

言硕听见应念间的问题，一边捡拾地上的废品，一边向她走了过来：“谢谢师傅们，可以休息了，剩下的我来就好。”

学校后勤处的师傅比言硕他们来得早，从早上装到现在，滴水未进，听了言硕的话，一个两个陆陆续续地走出了大厅。

片刻，台上的那个角落就剩下言硕跟应念间两人。

姜寿司那边还剩一条横幅没挂上去，他脚下踩着的折叠梯有点儿矮，装灯还行，要是想碰到灯架还差点儿距离，折腾了半天也没够着上面的灯架，反而弄得一排吊灯晃晃悠悠。

应念间看他那样有些危险，想过去帮忙扶着矮梯，刚走两步，只听言硕似是在自言自语。

“这个大厅之前因为太大一直空着，器材就搬到了别的大厅使用，若不是我们系今年联合三个系一起办活动的话，恐怕还没机会用。”

“难怪这些灯具不像新买的。”

“嗯。”言硕擦了把额头上的汗，注意到应念间也热得满头大汗，“你也去休息吧，我把后续工作收尾。”

"小心！"一声惊呼从上方传来。

言硕听见姜寿司的提醒，几乎是条件反射地向应念间扑去，根本没在意她头顶上方有盏吊灯往下坠。

女生显然是没反应过来，直觉却告诉她老老实实待在原地不要动，跌倒的同时，言硕用手护住了她的后脑勺，将她牢牢地圈在怀中。

应念间后背跟脑袋都被护住，摔倒后没有多大痛感，唯一让她泪流满面的，是言硕扑倒她的时候，她的鼻子撞上了他胸前结实的肌肉，引得一阵鼻酸。

许久，没听见意料之内的巨响，言硕抽回了护在她身后的手，从她的身上爬起。

那盏吊灯降落到一半，就被上方的姜寿司眼疾手快地抓住了不断下滑的电线。

电线在他手中又溜了一段才被拉住，刚好在距离地面几寸的地方停下。

姜寿司拉住电线的瞬间没想太多，只顾着救人，根本没考虑到有没有电。他被言硕接下来时还准备去跟应念间嬉皮笑脸，却被言硕拦住看了一眼手掌，还好戴着手套没有大碍。

言硕又转身看应念间。

只见应念间捂着下半张脸，眼眶红红地蹲在一旁，像是一只受惊的兔子，天知道她被撞了鼻子有多痛！

原本想说些什么的言硕，也将话尽数吞入腹中，他伸手把惊魂未定的女生拉起，语气难得温柔：“这个许久没用老化了，你没撞伤吧？”

鼻子的痛感逐渐消失，应念间摇了摇手，表示自己无碍，她这才发现原来自己刚才站立的位置上方坠了盏吊灯下来。

倘若言硕不把她扑到一边，倘若姜寿司没拉住电线，她今天怕是得把命交待在这儿了。

又假如，要是通了电，或者言硕比吊灯慢一步，出事的就成了他们……

这算蹭到好运吗？

应念间心底找不出答案，只剩内疚在滋生蔓延。不知怎的，刚恢复的鼻子又有些疼了，还泛着阵阵酸涩，她眼眶悄然间红了一片。

“对不起……”

应念间身上的霉运能有多离奇？言硕在第一次遇到她就已经见识过，也正因见识过，所以才明白她为什么要说对不起。

她这是把责任都揽到自己身上了。

言硕像上次在超市那样拍了拍她的胳膊，以作安慰。

“银河有上万颗陨石穿梭，地球每年会被砸中36000至72000次。据研究表明，一年的陨石数量与人类一生中的倒霉次数成正比，有些幸运儿会在某个年龄段集中下一场流星雨，专家将这种迹象称为陨石的偏爱。”

起初听说应念间是个“人间倒霉蛋”时，他正在看一本天文学书，看到地球与陨石那篇，不知不觉便联想到从未见过面的应念间，从此对她产生了浓厚的兴趣。

地球一年会接纳多少陨石便是他那时无意中记下的，后半段则是他自己随意编的。

应念间揉着酸痛的鼻子，瓮声瓮气地说：“谁……谁说的？”

这种鬼话都能说出来，还成正比？国家级的研究员都不敢这么不负责任地大放厥词。

“边禾说的。”

言硕总不能说是自己临场发挥想的吧，让他凭空捏造个专家，再凭空捏造一堆专业词条，他可做不到。

恰好边禾的小说情节设计本就天马行空，与其让“言硕”说，不如让边禾说。

“……”

边禾的剧情一般更到男女主的感情戏部分，应念间就会自动跳过。

写感情戏的时候边禾的双商会骤降为0，台词除了理性，还是理性，原先热血的人物变成了一个没有灵魂与温度的纸片人，这是她对边禾唯一的失望点。

可唯有今日，她觉得将人类与衰事类比成地球与陨石的边禾，达到了宇宙级浪漫。

“我们下午还有排练，你要不来看看？”许久没出声的姜寿司善意提醒道。

言硕脑中警铃大作，二话不说伸手就捂住了姜寿司的嘴：“你还是回去好好休息，我渴了、饿了会找姜寿司帮忙的。”

稍一松懈，差点儿给了应念间接近他的机会。

应念间低头看着脚尖，考虑到今天的危险程度，她决定还是不给他添麻烦了。

“好。”

有了她这句回答，言硕应该像是吃了颗定心丸才对，可他却没有享受到意料之中的快乐，反而有了从未有过的心塞。

他拿起桌上的水大口大口喝着，喉结滚动一番，瓶子见了底，那股莫名其妙的感觉竟然还淤堵在体内。

2

学校论坛近两日安静了不少，漫天飞的八卦、黄段子没了，只剩了些学术讨论跟课件，有传言说是某位导师约谈管理员，整顿了番不良风气。

在安分守己的日子里，校外一家火锅店关门冲上了论坛精品区——

【震惊！岩浆火锅店竟然做出如此丧心病狂的事！99%的同学都不知道！】

【楼主：今天上完课准备跟朋友去吃火锅，发现店门口挂了个卖菜牌子，学校附近就他一家火锅店，生意差、关门大吉是不可能的，有人知道原因吗？】

楼下迅速跟了一堆评论。

【老哥，水经验也不是你这样的，生意这么好，老板怎么可能关门？！无图无真相！】

【楼主：图片 .jpg】

【别猜了，问就是老板干完最后一票要跑路。】

【楼上收到风声了？】

【你见过谁跑路前还不忘把家里囤的菜卖掉的，铁憨憨。】

……

程菀茗刚下课，看见论坛上那些扑朔迷离的爆料，八卦之心瞬间被点燃，兴冲冲地赶到了火锅店，生怕跑慢一步老板就携款潜逃了。

她天生社交能力极强，两分钟后，就和火锅店老板成了忘年交……

凭着这层交情，程菀茗成功扒出了火锅店歇业的原因：老板要回村结婚，因为担心食材坏掉，所以才会歇业甩卖。

心里的云雾消散，一片清明，程菀茗美滋滋地告别老板，临走前还不忘替她的“忘年交”好友清空了两大袋囤粮。老板见程菀茗这么给力，又十分豪爽地送了她一包火锅底料。

因为怕电磁炉会带崩电压，宿管处对火锅的管控很是严格，宿管阿姨看见锅碗瓢盆都恨不得穿上防弹背心去没收，生怕这口锅会变成个灭霸……

这也是应念间百思不得其解的一个点：全国各地的大学究竟是怎么做才能让宿舍的电压统一都这么低的？

她曾经为了照顾格外脆弱的电压，特地买了个小电煮锅，虽然煮菜实在是太慢了点儿，但它功率小，不会跳闸。

可哪怕委曲求全成这样！宿管阿姨还是气儿都不带喘地连收了三四个，一直到大学门口的那家火锅店开起来，应念间才把最后一口“幸存”的电煮锅压进了箱底。

“这是边禾那单？”程菀茗收拾了桌上的东西准备放火锅，无意间注意到应念间的电脑屏幕。

“嗯。”应念间手指摆弄着快要掉出来的蔬菜，一路小心翼翼地端去清洗。

封面设计融合了万花筒的内部模样，整体框架已经画好，还剩诸多主要的细节没画，比如每张镜面呈现出的作案工具就各不相同，她还得把小说重新看一遍，把出现的先后顺序给理清楚。

一来二去，画稿的速度就慢了下来。

“哎，离截稿日还有多久啊？说真的，这编辑也太急了点儿，边禾连男主角他妈怎么去世的都还没说清楚，我觉得离完结还遥遥无期，怎么就急着做封面。”

“人家那叫积极，你看你，上次作业拖到最后还是我帮你画的，要我说，你实习期就该找个积极的领导带着。”

应念间端着洗干净的食材出来，甩了甩手上的水。

“感谢大佬搭救，本咸鱼感到万分羞愧，真是给我偶像边禾丢脸了！不过话说回来，边禾的小说剧情也太迷离了，我现在看谁都不像个好东西，你觉得凶手是谁啊？”

“反正不是我，我快饿晕了，这锅煮得也太磨叽了，香味又大，别等下又被宿管阿姨抓到了。”

“你闭嘴！”

而读者眼中文风无人能模仿、脑洞大的作者边禾，只有他自己知道为了圆一个情节他死掉了多少脑细胞。

小说连载至今，男主角母亲案件中的几个嫌疑人都已经浮出了水面，就差临门一脚踢爆关键点，可偏偏这一脚放眼全书都找不到人来踢，愁得言硕整夜整夜失眠。

他此刻当真是应了应念间口中那个形容词——作死。

怪只怪他写文路子向来野蛮，从不瞻前顾后，之前为了缓冲情节又开了个单元文，大有要冲三十万字的苗头。

他悔啊！当初就该老老实实写大纲，按着规定情节走，这下好了，结尾收不住，把自己作进死胡同……

言硕望着主持稿有一瞬间的恍神，回过神来，跟他一起主持的女生还在等他接台词。

“抱歉。”

言硕揉了揉还在跳动的太阳穴，试图缓解下头部的不适。

“你先休息下，我、我去找找点位。”

这次和他搭档的主持是同系的陶花，人如其名——面带桃花，每次跟他说不上两句就脸红。

……

想着想着，他脑海中突然浮现出一张与之相反的冰块脸。

说应念间是冰块脸其实也不为过，她的眉间总是藏着份淡淡愁绪，跟她的性格好像有些不太相符，却……

“言哥！”

两米之外的姜寿司喊了言硕一声，只见一瓶矿泉水从他手中脱离，丢了出去。

又陷入内心世界的言硕反应过来，抬手接住了那瓶水，处变不惊地拧开仰头喝下，将心中那个虚无的影子一遍遍吞咽，直到彻底消失。

“看你心不在焉的，想谁呢？”

“烦稿子。”

每次快要完结的时候，言硕都会有一阵情绪低落期，姜寿司早就见怪不怪，他双手撑着桌面坐到桌上，一副看好戏般的样子看着他。

“要不你去问问应念间？我觉得她是一个很有想法的人，说不定会对你有点儿帮助呢！”

“打住。”

好不容易才把她支走，清闲日子没过两天，言硕暂时并不想看见那张诡异的笑脸。

“你要是不喜欢的话，那我就去追了，反正念间对我挺好，还给我送水，也许对我有意思……”

言硕找了张椅子坐下，跷着个二郎腿，似乎觉得应念间喜欢上姜寿司的概率比被雷劈还低，他漫不经心地抬眼：“男人可以自信，但不能盲目，懂？”

“上次我去北校区，她还送了土豆泥给我！只给我一个人！一个人！”姜寿司毫不留情地反驳，大有要跟他一争高下的架势。

“……”

难怪有天姜寿司抱着一盒土豆泥回来，宝贝得跟什么似的，他想闻闻都不给。

言硕心里生了口闷气，优哉游哉的样子片刻都挂不住：“她做的东西白送我，我都不要！”

“行！那我就去追了，反正念间性格跟我合得来。”

姜寿司的情绪也很激动，一言一行像是被言硕激出来的。

言硕又拧开瓶盖喝了口水，冷冽的冰水在体内缓缓流动，男生清醒两秒后撩了把额前的刘海，试图把一个即将陷入爱情苦海的人拉出来。

“你现在，应该暂时把儿女情长放一边，尽快让自己成为一名黑客高手。”

姜寿司：“？”

另一边，天色渐沉，火锅也在落日的最后一束余光中煮熟了。

锅底煮沸后的“咕嘟”声不绝于耳，浓郁的火锅味随之充斥着整间屋子，为了防止味道泄漏，程菀茗起身关上了窗户，还不忘问应念间有没有别的食材。

“之前上课用的土豆还有剩余吗？”

“烹饪课做完了。”

“那么多！你是吃了，还是丢了？”

程菀茗在第二节烹饪课时还对应念间抱点儿希望，自信地以为只要她带得好，应念间肯定能出师。

结果几节课下来，程菀茗赶在没被应念间毒死前，先放弃了对她的拯救。

烹饪课做的食物不用上交，老师检查完就让各自带了回来，应念间在教室里秉着不浪费的精神尝了一口，黑胡椒放多了，齁咸，她撇撇嘴，拿去准备丢的路上遇到了姜寿司。

姜寿司得知她要把土豆泥丢掉，直接夺了过去还向她道谢，行为奇奇怪怪。

“碰到熟人，就给他了。”

“那你记得明天去看看他，要是还剩半口气的话一定劝他下辈子千万别乱吃。”

“他自己找我要的。”

应念间夹了块羊肉卷放进锅里涮，锅中的“咕嘟”声顿时小了一半，用这个吃火锅，绝对不能心急。

程菀茗笑得狡猾，手在锅边扇了扇，浓郁的火锅味扑鼻而来。

“哟，闻闻——”

“？”

“这迷人又浪漫的危险气息，有人在试图接近你哦，越靠越近，越……”

“咚咚咚！”

程菀茗正说得入迷，一道礼貌的敲门声打断了她的话。

3

从楼下远远望去，有一间宿舍门窗大开，浅色的窗帘被秋风拂动，在窗外摇曳的身姿像个曼妙舞者。

风中清新的果香与空气中的火锅味交融，路过楼下的人都忍不住要抬头望上几眼。

宿舍内，两个女生垂着头，站在桌边，像两个偷糖吃被抓个正着的小孩。

宿舍门口围了一群人，都是生面孔，老面孔早就见怪不怪，连余光都懒得给。

几个大男生退到一边，为首的老师跟宿管阿姨站在她们面前。

“又是你们！又是你们，你们是不是想把这栋楼的电路给烧了。”

“阿姨……它的功率真的很小，不然也不会煮三个小时才开……”

“嚯！你煮一下午的火锅汤底还有理了是不是？诚心挑衅我？挑衅学校？”

兴许是因为学生会在的缘故，宿管阿姨骂得比往日还要凶，双手叉腰，那股子气吞山河的劲，吓得应念间一哆嗦。

围观的生面孔们刚刚入学，头一次见这场面，纷纷在后面捂着嘴偷笑，几个学生会的也被应念间逗得忍俊不禁。

现在的学生上有政策，下有对策，为了吃顿火锅不惜耗费三个小时煮汤底，又辛酸又好笑，说出去没人敢信。

“宿管老师，您消消气，”学生会带队的老师敛起笑容，“这群小子查女生宿舍不太方便，您看要不让她们协助我们查寝当作惩罚？”

学生会以往突击查寝，女生宿舍都是让女生来查，男生站在门外等着。

可这次突击检查没有提前通知，学生会里几个女生排练的排练，上课的上课，连男生都是被临时抓来顶上的。

“你们查完回来写一千字检讨，违规的东西我没收了。”

锅里涮的那块羊肉卷迟迟才漂了上来，应念间眼睁睁看着宿管阿姨连锅端走，心中有说不出的痛。

一路上，程菀茗边找违禁品，边跟应念间嘀嘀咕咕。

“天啊！为什么我们会这么倒霉，言硕的好运呢？你快去多接触接触言硕，抱紧这条金大腿啊！”

应念间这段时间除了要画边禾的封面，还有一些老师布置的作业，教课老师个个眼光毒辣，哪里画得不好随手就给个C级，她最近实在是腾不出时间去找言硕，再加上上次的意外……

“我上次在台上差点儿被砸到，言硕不让我去了。”

“那你们就换个地方见啊，大晚上的让人给一锅端了，不知道的还以为我们在搞什么生化武器呢。”

程菀茗话糙理不糙，发生倒霉事有一半的原因都是因为应念间的“衰神”体质。

平时别人也在宿舍吃火锅，偏偏今天连双筷子都没发现，她们到底把东西都藏哪儿去了？人跟人的差距也太大了，这场突击检查好像就是专门为了收她的锅一样。

“你们俩嘀咕什么呢？”同行的男生落了一步，跟她们并肩走着。

“我们想问，等下男生宿舍我们也要跟去吗？”

“当然跟啊，宿管老师不是让你们写检讨？光现在这点儿素材够吗？”前边带队的老师听见了转头回答。

应念间想回答“够写”，但一对上老师那双不怒自威的眼睛，又把话憋了回去。

天气逐渐转凉，夏末的那点儿暑气傍晚已早早散去，图书馆墙壁上的爬山虎变了颜色，零零散散地覆盖在表面，显得格外萧条。

校车一路未停，直直地驶向了男生宿舍的站点，一行人浩浩荡荡地出示了证件，大摇大摆走了进去。

男生宿舍的格局跟女生宿舍一样，学生会的那群男生进宿舍没有那么多顾忌，连门都没敲，像回家一样熟门熟路。

第一间宿舍住的男生似乎跟查寝的人认识，刚想起身朝他们扑来，突然见到后面还站着两个女生。

“……”

说时迟那时快，男生脚踩书桌手拉床边，两步翻进了被窝，把被子牢牢裹在身上，娇羞得像个少女。

“有女生好歹说下啊！我身子都被看光了！”

“谁图你身子，还有一个呢？”

“串门去了。”

没想到开门后是这番情景，应念间跟程菀茗尴尬地背过了身，往门外站了站，一转身，后面站着一个浑身上下只穿了条平角内裤的男生，手中还拿着一个游戏机。

六目相对。

“……”

“女、女装大佬？”

应念间凝视着游戏机，慢慢上移：“不好意思……让你失望了。”

“啊——”平角内裤男吼完一嗓子又赶紧退回了对面的宿舍。

楼道空旷，不断回荡着他歇斯底里的尖叫，引得不少男生伸出脑袋一看究竟。

霎时间，那些光着上身、裸着下身的男生蓦地缩了回去，紧接着一阵关门声，整个楼层翻箱倒柜，还时不时传来几句震撼的怒吼。

“谁把穿过的内裤放在了我的柜子里！”

“我的 T 恤被谁穿走了！”

“啊！我的裤子全洗了！谁能借一条！”

话音刚落，从右边宿舍丢出了一条不知名的长裤，左边宿舍蹿出个只穿了上半身的男生忙不迭地捡走长裤，边穿边退回宿舍，还不忘关上门。

一楼闹得沸沸扬扬，很快就带动了楼上的男生一块沸腾。

光着身子裸着腿的男生游戏也不打了，挂机的挂机，逃跑的逃跑，纷纷栽在衣柜里找衣服。

穿戴整齐的则铆足了劲互扒衣服，等着查寝时坑对方一把。

言硕正在更文，被吵得思维发散，姜寿司戴着耳机打游戏，隔壁地震般的轰隆声隔绝在耳外。

言硕推了推他：“地震了？”

“你扛着品如的衣柜先走！我把这局打完！”

正在打游戏的姜寿司显然是没听清言硕这句话并不是陈述句，而是个疑问句。

“闹什么！在闹什么！”

外面响起了一阵凌乱的脚步声，继而听见一道严厉的呵斥。

男生宿舍鲜有这么热闹的时刻，言硕合上电脑打算出门看看究竟。

门一开，站在楼梯口的应念间跟他打了个照面。

说时迟那时快，言硕转身关门，扯了条浴巾丢到姜寿司的头上才再次把门打开。

姜寿司游戏打到关键时刻，手下一个连招还没丢出去，等他把头上的浴巾拽下来时，游戏人物的界面已经进入了灰色的复活时间。

“言硕！”

姜寿司愤怒地将耳机拍在桌上，一转头，罪魁祸首正抱着手臂靠在门边看着他。

除了言硕外，还有两个女生。姜寿司连滚带爬地把身上的浴巾裹好钻进了被窝。

学生会的几个男生拿着文件，如常四处翻翻，检查得很是仔细。

应念间站在门口，言硕手臂撑着门框往她身边挪了挪。

他穿着简单的T恤，配一条纯色短裤，T恤松松垮垮地挂在他身上，看上去心慵意懒。

“大晚上站我宿舍门口，想偷看哥哥身体？”

“我是来查寝的。”

“啧，还好穿得严实。”

言硕鼻尖嗅了嗅，闻到了应念间身上的火锅味，还没来得及问她在哪儿吃的火锅，裹着被子的姜寿司利用夸张的语气配上浮夸的肢体动作，成功把应念间的注意力吸引过去。

“念间！你做的土豆泥真是太好吃了！”

“真的？”应念间的嘴角微微上扬，有一种女生天生自带的小骄傲。

姜寿司格外狗腿地点点头，还不忘向言硕挑衅：“非常好吃！可惜啊，有些人连闻的机会都没有！”

这话意有所指。

程菀茗肚子里能搜罗出一堆狗血剧情，对于这种话题的展开，她反应比应念间快，第一时间瞥向了言硕。

只见言硕脸色沉沉。

“别忘了你浴巾底下穿着什么。”

K.O！

只穿了条内裤的全裸的姜寿司立马噤声。

查违禁品的男生在表格上画完钩，一行人又挪到隔壁宿舍的门口。

两步路的距离，应念间没跟着动，言硕也没有要关门的意思，找了个话题想跟她继续聊聊。

突然对面宿舍大门松动，冲出了一个手拿纸盒的卷发男，卷发男算好了言硕宿舍被查完的时间，盘算着要把卷发棒藏进言硕的宿舍。

可千算万算，没算到应念间这么懒，一步路都懒得挪动，正好被她撞上。

卷发男穿着大裤衩裸着上半身，见到女生下意识拿纸盒遮住胸口。

言硕眼疾手快捂住了应念间的眼睛，伸手将卷发男推向学生会的人，完了还不忘朝他屁股踹上一脚。

姜寿司玩着手机，瞥见言硕的举动，眼睛瞪得浑圆，心急火燎地对着两人拍了张照发给一个微信好友。

应念间眼前一片漆黑，还没来得及恐慌，只听得头顶有声音响起。

“在哪儿吃的火锅？”

“什么？”

也许是觉得言硕靠得太近，应念间稍有点儿不自然，拨开他的手回了头，额头不经意间蹭到了他的嘴唇，滑过一片濡湿。

言硕主动退了两步倚着白墙，手指搭在唇上：“还说不是图我身子。”

应念间沉默了半晌，脸红得宛如盛夏樱桃，熟了个彻底。待脸上的炽热稍微冷却了些，她才故作镇定地说：“我是……是因为在宿舍吃火锅，受罚来查寝！才不是……图你身子。”

最后四个字轻如蚊子低吟。

“嚯！刚才要不是我手快，你可就要长针眼了，顺着我说点儿好听的话会少块肉啊？”

原来他突然凑近捂住她的眼睛，是为了防止她看见不该看见的画面啊……

应念间喃喃自语：“我自己又不是不会闭眼睛，真是……”多此一举。

“你嘀咕什么，我没听见。”

“我说谢谢您帮助我身心健康成长啊，大恩大德无以为报，改天定制一面锦旗给您送来，上面就写着：路见不平一声吼，踹人贼溜言同学！”

“……”白眼狼。

查完男生宿舍已是晚上七点，应念间前脚刚走，言硕后脚就将姜寿司堵在桌边，双手牢牢禁锢在他身侧。

气势十足的言硕吓破了姜寿司的鼠胆，吓得他嗷嗷直叫。

“哥！哥！放过我，我有喜欢的人，不是应念间！不要啊！我错了！”

“交出来。”

“交什么？我不知道。”姜寿司裹紧了身上的浴巾，生怕言硕饥不择食把他给生吞活剥了。

“手机、照片，还要我说得更清楚？”言硕的拳头已经举到半空，男生之间的对决一触即发。

姜寿司尿了，双手伸进浴巾掏出了一部手机，乖乖奉上。

手机表面还留有身体的余温。

“你不是没穿裤子？”

姜寿司扯开浴巾给他看一眼，又立马裹上。

言硕秒懂。

手机页面停留在跟小萝卜的聊天页面上，言硕往上翻了翻，找到了姜寿司刚才偷拍的照片。

再往上就没了，聊天断断续续，有时还显示语音通话。

“小萝卜是谁？”

“上次念间给你送水的照片就是被小萝卜发到论坛的，我跟她斗了好久，最后惺惺相惜，加好友只是为了交流技术。”

“交流技术？”言硕点开刚拍的照片，放大递到姜寿司的面前，“交流怎么从黑客进军狗仔？”

姜寿司支支吾吾，还瞒着些话没说。

小萝卜一直追问他跟应念间的关系。他跟应念间能有什么关系！与她有关系的是言硕！但小萝卜认定亲眼所见为实，他懒得解释，最终演变成两人打赌，他上次去北校区就是跟小萝卜见面的，回去刚好碰到应念间丢土豆泥，于是灵机一动想引言硕吃醋，可惜言硕口是心非，抵死不承认。

“我们，嗯……”

“大老爷们儿能不能要点儿脸。”

言硕长按图片，把照片转发给了自己，而后删除对话框，又切换到相册，把照片删了个彻底。

姜寿司自知理亏，垂着头听训，无意中瞥到言硕的行为，被这套操作秀得头皮发麻。

究竟是谁不要脸？

4

次日，排练完，言硕找了张椅子坐下，开始欣赏姜寿司偷拍的照片。

照片中的应念间鼓着张脸，让人忍不住想戳两下。他放大，再放大，指尖点了两下屏幕，仿佛真的戳到了本人一样。

他敛起严肃，嘴角弯起了一个弧度，把图片存到了相册里。

姜寿司坐在言硕身后，言硕的一举一动全被他看在眼里，他甚是嫌弃地搓了搓胳膊上起的鸡皮疙瘩。

“言哥，你干啥呢？”

言硕一惊，收起手机，眯着双眼瞪向他。

姜寿司秒怂，装作什么都没看见：“跟你说个事儿，我刚才告白成功，正式脱单了！羡慕不？”

“和一根萝卜？”言硕不屑地笑道，起身打算换个位置。

“言哥，啥事都憋心里会生病，羡慕你就直说。”姜寿司撑着桌面跃到他身边，拦住他的去路，谈起正事，“你的小说啥时完结？我家小萝卜可等着呢。”

言硕冷笑一声：“我决定烂尾。”

真的烂尾是不可能的，言硕只是故意怼姜寿司罢了。

这本小说卡文次数多得不胜枚举，他心里比谁都渴望完结，早就想脱离苦海了，上次要不是在烟火大会上遇到应念间，后续情节也不会写得那么顺利。

要不……再找她聊聊？

但是要用什么借口才不会暴露他是边禾，然后也能聊到点子上？他腾出一只手揉着眉心。

手机像是感应到了主人的苦恼，适时地响了一声，为他献上最佳借口。

【密室运营：边禾大大，您好。之前跟您合作的“诡谲之房”剧本已经策划好，送您两张电子票请笑纳。】

“诡谲之房”是他去年写的密室逃脱剧本，交完稿合作方就没了动静，没想到一年过去了竟然才完工。

言硕回了个“谢谢”，领了门票。

运营方送的是全国门店通用票，他在最下方找到了西河市的名字，灵机一动，翻出与应念间的对话框。

【言硕：周六有空吗？】

烹饪课上，应念间刚系好围裙，口袋中的手机振动了一下。

她摘下手套，蹲在柜子旁避开老师视线，没等她主动询问周六有什么安排，言硕紧接着发来一条——

【言硕：密室逃脱二缺一。】

应念间：“……”

二缺一不就是没人陪他去的意思吗……

头一次见人把孤独说得这么清新脱俗，害得她差点儿没反应过来。

不过密室解谜类的游戏，她一向敬而远之。

倒不是担心智商不足，也不是胆小，而是自从上次跟程菀茗去玩密室逃脱，害得大家被困进剧本 bug，她就把类似的危险活动全划进了黑名单。

可是，言硕第一次主动找她，她又正愁没机会再次接近他，眼前正好来了个绝佳机会，岂有放过的道理？

应念间心里一阵纠结，权衡再三，最终还是痛心疾首地在键盘上敲下两个字——

【不去。】

言硕原本优哉游哉地晃着二郎腿，心里料定应念间会去，且不说密室逃脱是不是她喜欢的游戏吧，他这么明显的“二缺一”，难道她身为自己的迷妹，会看不出意图？

故而，在看见“不去”两个无情的大字后，言某人平生第一次感受到了挑战性！

他表面不紧不慢地敲着键盘，内心云海翻腾——

【不是我吹！百年难遇的剧本不去血亏啊！别说我没提醒你，你会后悔的。】

程菀茗想让应念间递份食材给她，一转头人没了，正蹲在柜子旁偷玩手机。

“你现在离蹲在巷口的混混只有一根烟的距离，别在那儿自暴自弃了，烹饪课也没什么难的，再烫几个泡就能出师了！起来，本厨神今日破格收徒，把毕生所学传授给你。”

应念间被她强行拉起，拍了拍衣角沾上的灰尘，重新戴上无菌手套。

“我在回消息，言硕约我去玩密室。本来想着正好最近给边禾画封面需要点灵感，但想想，这又不是边禾写的剧本，有什么用？可是拒绝完了我又有点儿后悔，怎么回事，我以前不是这么纠结的？”

“千年铁树开了花，恭喜你即将送走霉运，迎来桃花运！”程菀茗露出一丝八卦的笑，“哎呀，也不知道是谁说的，我应念间就是老死病死孤独死，都不会喜欢言硕……你闻闻，闻闻，这寿司真香！”

“我就是觉得他一个人去挺孤单的。”应念间挠了挠脸颊，想起之前言硕的嘴唇蹭过这处，再次红了脸。

“……”

言硕——南校区“区草”！站着不动也有女生主动搭讪，怎么可能落魄到一个人去！

程菀茗想拆穿应念间的心思，又怕打扰到言硕卖惨，索性闭了嘴。

案台上的手机再次振动，言硕铆足了劲对她循循善诱——

【普通写手可编不出边禾那水平，你真不好奇密室情节吗？你太

让我失望了，我以为我们志同道合，没想到你是个假粉丝，边禾听了想流泪。】

屏幕上一行字，应念间只注意到边禾的名字，她用胳膊肘捣了捣认真上课的程菀茗，一脸惊恐地说道：“言硕怕不是有什么读心术？”

“怎么，隔着屏幕都能读出你喜欢他？嚯！厉害啊！”

“……”

应念间有些无语：“是我刚提完边禾，他就说这剧本是边禾写的，那我就勉为其难地陪‘孤寡老人’去玩吧。”

倒不是应念间对边禾有粉丝滤镜，而是边禾本身就很优秀，写文时脑洞大，心思缜密，看似扑掉的剧情，下一章能圆得滴水不漏，所以他写的剧本定然不会差，说不定还能给她带来一些新的设计灵感！

应念间回完消息，老师正好绕到她身边，手忙脚乱中她随便摸了个酱料瓶看也没看就往寿司里挤。

消息发出后，迟迟收不到应念间的回复，言硕靠在椅子上，长叹了一声。他想明白了，不去就不去吧，反正他对密室解谜也不感兴趣，况且还是自己写的剧本，闭着眼也能走出去。

就在他打算把门票转给姜寿司，让姜寿司带着他的小萝卜去玩时，应念间回复了。

简单粗暴的两个字：我去。

对比他连发的好几句长消息，应念间的回复短小精悍，甚至还没他给她改的备注长，言硕心里无端产生了一丝落差感。

他把对话又仔仔细细看了一遍，忍不住开始思索女生突然答应的原因，他深邃的瞳孔凝视着屏幕，突然锁定在边禾上。

对！他竟然忘了应念间喜欢边禾！他怎么把这么重要的一点给忘了！

早知道……

喜悦未上眉梢，言硕又蹙起了眉头，钻进了牛角尖。

他付出了百分之百的诚意，苦口婆心劝了半天，竟然还不如边禾两个字有用？她连见都没见过，边禾到底有什么魅力值得她改变主意？

言硕感觉这次他还是输了，他没有输给别人，而是输给了自己。

天底下最惨绝人寰的事——输给自己！想哭都找不到人说理。

恍惚间好像有人碰翻了瓶陈年老醋，空气中弥漫着阵阵酸味。

排练大厅里有人拿着泡泡水在玩闹，秋风越过窗户，一个个泛酸的泡泡飘至空中，接二连三地炸裂，落了言硕满身酸水。

陶花看他神情落寞，走过来替他挥了挥头顶飘来的泡泡："一块吃午饭吗？"

"我早饭吃多了，"他捶了捶胸口，仿佛真有一口饭团堵在那儿，"上午的排练先到这儿吧，我去消消食。"

"可……"可现在十二点了，早上吃的难道是石头吗？所以这么难消化……

排练大厅离学校的正门很近，看似位置不错，在校内实则偏僻荒远。

言硕从后台的小门走出去，顺着一条木板铺成的路，走到了图书馆门口。

墙壁上的爬山虎还剩零散几片，边缘都被秋日灼得泛黄，颤颤巍巍地覆在墙壁上，随时都有可能脱落。

印象里，曾经有一个人也是站在这个位置，对着那堵墙壁出神。

胃部一阵钻心般的刺痛突然强行扯回了他的思绪，言硕揉了揉肚子，脸色霎时白得恐怖，他一直没有吃早饭的习惯，刚刚对陶花说的那些话不过是作为逃离的借口罢了。

他在原地又站了一会儿，试图缓解疼痛。

从另一条路上走来的应念间，远远看见言硕在发呆，故意冷不丁从他身后跳出。

“嘿！”

女生难得调皮，自然是没让她失望。

言硕被吓得六神无主，胃部反而舒坦了不少。他静了静心，努力克制住心里那股想把她砸到墙上跟爬山虎一起挂着的冲动。

“你差点儿把我送去西天取经，我要是年纪轻轻交待在这儿，第一个就把你也带走。”

“那还好唐僧师徒不要你，对不起啊。”

看见她，言硕就又想起她刚刚为了边禾才答应跟他去密室逃脱的事，心里别扭没消，径自往来时的路走去。

应念间以为他是被吓得脸色苍白，心里过意不去，急忙喊住他：“别生气啊，言硕，言硕！我跟你道歉，对不起，诚心跟你道歉，你等一下！”

言硕长腿一迈顶应念间一步半，应念间怀中捧着烹饪课上刚做的四盒寿司，不敢走太快，一路迈着小碎步踉踉跄跄地跟在他身后。

听着后面急切的呼喊，言硕愣是忍住没有回头，一边享受着被她在意的感觉，一边又担心她追不上，主动放慢了脚步，内心的小窃喜散在眉眼各处，嘴角噙着一抹不易察觉的温柔。

应念间把下巴搁在寿司盒上，抱稳之后迈大步子追上去，眼见快要绕到他面前，言硕又拐了个弯往回走，步子迈得恰到好处，两人之间始终隔着一步半。

察觉出他是故意的，应念间有些恼火，但自已理亏在先，又不敢对这位“金大腿”发脾气，只好咬牙切齿地学着他刚才的话。

“你给我站住！累死我了，我的小命要是交待在这儿，第一个把你带走。”

“你带！我早就看出你对我图谋不轨，没想到你还妄想跟我殉情！流氓！”

言硕乖乖地停下来等她，双手环胸，好似已经被应念间轻薄过一般。

“……”

同样的话，为什么有些人能答得面不改色，成为赢家，而有些人却只配道歉，被遛着跑呢。

这大概就是脸皮厚的重要性吧！长见识了！

应念间见言硕终于停下，狗腿地将怀中的寿司递了两盒给他。

“我平时不吓人的，没想到把你吓成这样，这两盒寿司当作给你道歉，对不起，也谢谢你的门票。”

言硕胃部胀气没有食欲，拒绝的话到了嘴边，瞥见她手上的水泡后又立马改口。

“手背上的泡怎么弄的？”

“可能……烫的吧。”应念间猜测道。

她上烹饪课就像上战场一样，可上战场好歹有头盔护甲，而她除了一双无菌手套外什么都没有，上次被油溅到留下的印子至今没消，这下又多了个水泡，也不知道要被烫多少个才能出师，只祈祷这学期赶紧结束，她好进行下一轮选课。

“我是诚心诚意道歉的。”

言硕听了，挠挠眼下的皮肤，接过应念间递来的寿司，又望向了远处扑棱棱飞起的几只鸟儿：“回去涂点药膏，一盒够了，我先走了。”

“嗯……再等下！”应念间拦住言硕，又递了一盒给他，“这盒你带给姜寿司，感谢他给予我的土豆泥超高好评。”

那盒土豆泥她尝过，难吃得很！但姜寿司竟然对她一顿猛夸，看来他是真心喜欢，为了感谢他的捧场，应念间想给他再送点寿司尝尝。

“不是给我道歉吗？”言硕忍住胃里翻腾，语气酸酸的，完全把寿司当成了应念间为自己做的专属食物。

“是的啊。”

“那为什么要给姜寿司吃？”

“……”

应念间一头雾水，除了对言硕突如其来的生气感到不解，更多的，是没想到自己做的东西竟然能引起别人护食！

还没尝啊，他就已经预料到好吃了吗！

言硕视线停留在应念间“不解”的眉头上，又想替她抚平。

事实上，他也这么干了，还带了些手劲，摁得应念间重心向后。没等她站稳，言硕一声不吭地又从她怀中多拿了两盒，头也不回地离开。

顷刻间，她怀中原本四盒寿司，只剩下孤零零一盒。

5

“造……造孽啊。”

程菀茗听完应念间的叙述发出了一声感叹，言硕到底是有多想不开才会拿走应念间做的食物，恐怕他吃了之后会对这个世界生无可恋。

应念间捧着唯一一盒寿司，端坐在椅子上，看不出是心疼，还是发蒙：“言硕上辈子一定是个土匪，手脚真麻利，等我反应过来的时候，他人影都没了。”

“那你上辈子一定是五毒教里烧饭的，不然怎么做的全是黑暗料理，”程菀茗意味深长地盯着那盒寿司，“你尝了吗？”

“这种简单容易上手好操作的食物，还要尝吗，你也太小瞧我了！”应念间打开盒子，隔着纸巾捏了一块送入口中。

她才嚼两下，舌尖抵到一块裹着辣酱的肉松，脸色瞬间涨得通红，毫不迟疑地全吐进了垃圾桶。

“辣！辣！给我水。”

程菀茗：“……”

打脸来得如此迅速。

她一副“我就知道”的表情，给应念间递了杯水：“小瞧你了？”

“辣清醒了，我还是那个能把五毒教教主毒死的应念间。”

应念间一口气喝光了一杯水，还不停地朝嘴巴扇着风。言硕竟然能被这么难吃的东西激发出护食本性，真是难为他了……看来这年头土匪也不好做，稍不留神，就会劫一堆毒药。

“言土匪”没质疑过寿司的口味，甚至连应念间的厨艺都没质疑，他抱着三盒寿司晃晃悠悠地回了宿舍，门关得很响，走路姿势也有点儿夸张，试图引起姜姓男子的注意。

姜寿司跟小萝卜此时正处于热恋，不见面时抱着手机如胶似漆，听见言硕闹出的声响，他只抬头望了一眼，并无多大波澜。

没达到预期效果，言硕心里憋闷，转而拿起一盒寿司臭显摆，他反反复复地折腾盒子，像个老眼昏花的老年人。

姜寿司眉眼稍抬，又望了一次。

装寿司的盒子上贴了一个小图案，跟上次土豆泥盒子上贴的一模一样。

回想起土豆泥的味道，姜寿司忍不住打了个战。

“你碰到应念间了？”

“嗯。”

姜寿司尽最大努力挤出了一个善意的笑容：“好吃吗？”

他问得小心翼翼，勾起了言硕的护食心理：“没吃呢，她让我一个人全部吃完，不然跟我翻脸，唉，尽量吧！”

“哦——”姜寿司尾音绵长，“这样啊，你上次不是说白送都不要吗？”

“这是我拿密室逃脱的门票换的，不是白送。”言硕没有胃口，显摆完就先放在了一边，拆开一盒药就着温水吞下，“我打算周六约她去玩密室逃脱，讨论下小说剧情。”

“你小说怎么还没更新！都有读者催了。”

姜寿司耐不下性子看文字，比起小说他更喜欢打游戏，可他家小萝卜喜欢啊！为了小萝卜的心愿，他只好一次次地催自己的好兄弟。

“行吧……马上更新。”言硕心情好，难得听话。

现在是迎新晚会的排练期，言硕进入了一个忙碌阶段，除了上课排练，还有各种统筹策划要安排。

小说原先固定在每晚十点更新，现在偶尔在白天，偶尔在晚上，读者大多是追了他很多年的，没办法，自己追的作者不更新哭着也要等下去。

趁着时间尚且充裕，言硕喝了几口温水暖暖胃才打开电脑。

时间在指尖悄然流逝，姜寿司出去又回来，又出去，安静的宿舍里最终只剩下言硕敲击键盘的声音。

敲完最后一个字，他将全文复制粘贴到了更新页面上。

最近天色黑得早，看不出时间，桌上的三盒寿司早已被他忽略多时，他忘了胃痛，鬼使神差地捏了一块放入口中。

生硬的大米一粒粒在他口中散开，肉松掺着丝丝辛辣，越嚼越浓郁，越嚼……简直就像是在生吞辣椒酱！还是朝天椒做成的那种！

求生欲让他慌不择“水”，抱着一桶冰凉的矿泉水一阵狂灌，炙热的食道被凉水冲刷清洗，火辣辣的感觉顺着液体转移，胃里冰火两重天，撕扯绞痛，像翻江倒海一般难受。

他一直都有胃病，平日只要饮食管控好便不会发作，可一旦发作，必然要去住几天院的。

这副身体被一块寿司折腾得虚弱，他额头上已然起了层薄汗，言硕咬紧了后槽牙，手伸向不远处的手机……

姜寿司拎着外卖回来，一进门就看见言硕蜷缩着身子倒在地上一动不动，当即冲上去学着电视剧里那样疯狂摇晃他。

“言哥？言哥？你醒醒！”

言硕被晃得反胃，一天下来他就吃了一块寿司跟几粒药丸，干呕了几下失去意识。

“言哥！”

姜寿司见情况不妙，想将言硕从地上拖起，慌忙间忘了手上还挂着外卖，外卖被几股重力甩了起来，好几次砸在言硕身上，里面的汤汁漏了他满身。

出事时还不算狼狈，这会儿被姜寿司又拖又拽，言硕昏迷又清醒，又昏迷，最后的一丝意识，他仿佛看见姜寿司成了个太监，在声嘶力竭地喊着什么。

“救命啊！谁是医学系的！来救救我言哥！掐人中，对，人工呼吸……人工呼吸要不要做啊！我来了！”

寂静的夜里只听到几声凄厉的鸣笛，救护车渐渐远去。

次日，应念间正画着封面，微信收到了一条消息。

【姜寿司：言硕肠胃炎住院了，市第一医院住院部十三楼 204！念间你快来啊，我招架不住！】

言硕早晨在病房里醒来后怒发冲冠，手边有什么东西都往姜寿司身上招呼。尽管姜寿司再三强调自己昨晚没玷污他，言硕就是不信，姜寿司没办法，只好请应念间过来帮忙。

她到的时候，姜寿司正坐在病房外的椅子上，垂着头很是疲惫。

“言硕呢？”

姜寿司指了指里面闭目养神的人，轻声道：“别看他虚弱，脾气大着呢。”

“病因是什么？”

来的路上，她心乱如麻，总觉得言硕的病跟她有直接关系，但吃块寿司也能住院，是不是太夸张了点儿……

“空腹吃辣，刺激到胃了。”

姜寿司现在也万分后悔，但凡他昨天提醒下言硕别乱吃，也不会造成现在这种局面。不过论内疚，还是应念间最为内疚。

“……”果然跟她有关。

“他现在只能吃流食，我想去给他买点粥，又怕他……”

“我去买！”

应念间心里的内疚与歉意翻着倍地上升，一听到言硕能吃流食，立刻马不停蹄跑去买粥。

姜寿司来不及喊她，呆呆地望着那道风风火火的背影消失在走廊尽头，他自言自语道：“我点外卖了……”

应念间拎着白粥再回来时，姜寿司已经进去了。

病房内，一个面色苍白的男生躺在床上，秋日的暖阳透过窗帘缝隙洒在他脸上，皮肤白得通透，脸上的绒毛像落了一层薄纱，有种娇弱的病态美。

应念间咽了咽口水，蹑手蹑脚地走了进去。

“睡了？”她轻声问道。

姜寿司摇摇头，指了下言硕，手在脖子上比了把刀：“别惹。”

病床上的人感官灵敏，很快察觉到房内多了一个人，他缓缓睁开了眼睛。

言硕目光有些发散，透着疲倦，配合上他苍白的肤色，忍不住让人联想到几日未进食的吸血鬼。

应念间猝不及防被他的视线刺到，垂着头坐在床边的椅子上向他忏悔。

“对不起，我不知道寿司里……”

“好了。”

他的手上还输着液，身体尚未稳定，连说话的力气都没有。一想到自己昨天那个显摆样儿，他突然想把病房里的两个人全部丢出去。

太丢人了！他言硕什么时候这么丢人过！

姜寿司像是感受到了他强烈的心愿，自觉地退出病房，给他们留下二人空间。

见言硕醒了，应念间端起白粥轻吹了几口喂到他嘴边。

“白粥虽然没有味道，但是养胃，喝点儿？”

“不饿。”

他声音沙哑低沉，听不清在说什么，应念间只从他一脸拒绝的表情中勉强判断出他不想喝白粥。

白粥熬得浓稠，还散着暖香，光是闻着都有食欲，奈何勾不动言硕。

她把粥重新盖好放在旁边的桌上，坐回椅子。

言硕抬手想揉揉眼，一歪头发现应念间没有要离开的意思：“不回去上课？”

“啊？我没课，你有要求尽管提！我肯定满足你！”

“那，倒杯水。”他喉咙干涩得难受，又不能亲自倒，只好麻烦应念间帮忙。

应念间起身找了个杯子，看着水哗啦啦地流入杯中，出了神。

……

也不知道把“言锦鲤”害成这样会不会遭反噬，万一衰运翻着倍地发生，她之前所做的一切岂不是功亏一篑了！

亏她还制订了好多攻略，哪能说没就没啊。

……

应念间啊应念间！言硕都被你害成这样了，你居然还在想着蹭好运，你太没良心了！

“呸呸呸！”

出了神的女生突然朝一旁狠狠呸了呸嘴，吓得言硕手抖，没接稳水杯。

水杯从应念间手中滑落，她眼睁睁地看着杯子掉在床上，洇湿一片，大脑却来不及做出任何反应。

杯子里的水一股脑全泼了出来，一滴不剩。

“应念间……”言硕喉咙干涩难耐，拔高几个调就立马剧烈地咳了起来，“你来这儿，到底想干什么？”

“我想——”想蹭好运……

应念间挠了挠鼻尖，一脸歉意：“你送我门票，反而被我害得住院，我心里过意不去，想来照顾你。”

滴水不漏的回答——完美！非常具有说服力！

言硕在应念间挠鼻子的时候，就看出她在说谎。

他沉默半晌，赌气似的把手背上的针头拔下，摁响了护士铃。

“我周六出不了院……”

“你针头鼓起来了，什么时候鼓的？”

“密室你自己去吧。”

怦然心动

Chapter 04

我、喜、欢、你，

听清了吗？

NIJIUZHANGZHEWOXIHUAN

1

言硕说完的当晚就把门票的二维码发给了应念间，这一举动更是让她的内疚感达到了前所未有的巅峰。

临近周六，应念间心事重重，手里无意识地选中图层添加颜色。

眼看着一张精致无比的封面即将毁在她手里，程菀茗及时从她的手中夺过了画笔。

“清醒点，别梦游了，这可是边禾的封面。言硕的事已经发生了，想改变也改变不了，你不如带着他的那份心愿，开开心心地去玩密室。”

应念间反驳：“他是肠胃炎，你别……别说得他好像是病入膏肓一样，我听着害怕。”

“看到你这丢了魂的样子，我也害怕。”

“我还是去问问姜寿司，言硕今天怎么样了吧。”

言硕的性格其实很好，就是偶尔直男了点，那天被她气得好像真是不轻，于是她后来也不敢再露面，怕把言硕气出别的病来，但每天还是会向姜寿司打听言硕的身体状况。

言硕闹着要出院，姜寿司在给他办手续，收到消息时还以为是小萝卜，滑开才发现是应念间。

应念间跟言硕之间好像闹了点儿别扭，他不敢多问，只好装作不知情。

姜寿司如实汇报——

【快康复了。不过我觉得他不是胃病，是脑子有病！太可怕了，天天发呆，直愣愣地盯着天花板。】

【应念间：我有张“诡谲之房”的密室门票，明天截止，送给你吧。】

有些事说得容易，做起来太难了，她一想到言硕还在医院里喝白粥，良心就不停地受谴责。

明天姜寿司不在医院，言硕的身边肯定要有人顶上，她深吸一口气，做好了接受暴风雨的准备。

【应念间：我明天去照顾他。】

姜寿司办好出院手续，把出院单藏在背后，走进了病房。

病房内，言硕还躺在病床上，两眼直勾勾地盯着天花板一动不动，像是藏有心事，又像是……脑子有病。

怕刺激到他，姜寿司小声提议：“言哥，你要不再住一天院？”

“给我个理由。”

“应念间估计不知道你出院，送了张密室门票贿赂我，说让她明天来照顾你。其实门票什么的倒是无所谓，我主要是想让你一个母胎solo体验下被女生照顾的感觉……怎么样，兄弟考虑得周到吧？”

提到应念间的名字，言硕的眼中出现了些许光亮，消失的神志被一点点唤了回来。

“密室的名字叫什么？”

“好像叫……”姜寿司看了眼聊天记录，“‘诡谲之房’。”

言硕翻身下床，从姜寿司手中夺过手机。不是他不相信，可她那么喜欢边禾，这次把门票送人，简直是天方夜谭。

但屏幕上的几段聊天证实了姜寿司说的可信度，言硕再往上翻了翻，除了聊门票外，她每天都在关注他的身体，原以为那天她生气走了，再也不会理他，没想到……

言硕揉了揉凌乱的头发，呆坐在窗前一言不发。

半晌，在确定今日的太阳是从东边升起之后，他才开口：

“出院吧。”

姜寿司不接受门票，应念间挣扎再三，还是硬着头皮去了密室，去前在心里默念了一百遍“对不住言硕”，试图减轻点良心上的不安。

却不曾想到，在密室的门口遇到了本该在医院的言硕。

他脸色还是很苍白，眼底淡淡的青色越发明显，藏着倦容，像是长年被困在古堡、终日不见太阳的公主。

应念间的脑海中立马跃出一副柔弱的古堡公主形象，而这位“公主”此时正向自己走来。

“你这什么表情，跟见了鬼似的。”

“你是人……呸，”应念间差点儿被他带跑偏，“你不是说今天出不了院吗？”

“我提前出院，你有意见？”言硕挑眉，警告意味十足。

“不敢不敢，您请，您慢点儿，小心台阶，我替您开路。”

密室甬道狭窄，两边还放了不少骷髅骨架，头顶的灯光晃晃悠悠，整个密室像是年久失修的废弃大楼，阴森恐怖，让人不由得胆寒。

言硕神色无异，偶尔还拿起道具观察下做工，仿佛下乡视察的领导，前方女生小心翼翼的模样勾起了他心里的一丝恶趣味。

言硕藏了一截白骨在袖子里，长腿一迈跟了上去，手搭在应念间的肩膀上：“别走那么快，你看这个像不像泡椒凤爪？”

“什么……啊——”尖叫声在甬道内反复回荡。

应念间退了两步，条件反射地对着言硕的手，转身踢了一脚。

不踢还好，踢完后那截白骨从他袖口中飞了出去，她还以为她把言硕的手踢断了，本就精神高度紧张，被蓦地一吓，她有些腿软，扶着墙壁勉强站立。

言硕没想到应念间会怕成这样，连忙撩起袖口：“别怕，别怕，你看手还在呢，那不是我的。”

应念间长舒一口气，顺着墙壁瘫坐在地上。

“吓死我了，你好端端地吓我干什么！”

“我没想到你们女生胆子这么小啊？边禾小说也挺恐怖，你是怎么看下去的？要不以后别看了，我看完复述给你听，行不行啊？应念间？”

他揉了揉她的头发，笑得有些不怀好意。

应念间心里警铃大作，立马对他保持高度警惕：“你在盘算什么？”

“没啊，还玩吗？要不我们出去？”

“不，不用了，继续走吧。”

她撑着墙壁站了起来，腿上的力气还没恢复，有些发软。

言硕瞧见了，直接拉着她的胳膊，身体一转，将她托到了后背上。

她很轻，言硕力气又使得大，两人险些往前栽去，站稳之后，言硕双手握拳钩在她的腿弯处，把她往上托了托。

头顶是一盏明灯，应念间下意识地搂住他的脖子，鼻尖扑面而来一股熟悉的橙花味。

“我自己能走。”

“你是不是练过肱二头肌？”

“没有啊。”

言硕弯着嘴角，下巴点点她的手臂：“你勒得有点儿紧。”

应念间这才意识到自己像只八爪鱼一样缠着他，距离很近，稍一偏头，就能亲到他。

她慌忙松开手臂，但视线还停留在他的脸上。

言硕的睫毛尾端向上卷翘，是很多女生梦寐以求的弧度，垂眼时落了一片阴影，加深了眼底的青色，侧面看，他眼底暗涌，似在沉思。

“我好看吗？”他病态的脸上染了一丝绯红。

“……”

应念间的羞耻感后知后觉涌了上来，脖子以上涨得通红，甬道内昏暗的灯光都掩盖不住她的脸色。

她立马挺直后背，与他保持着距离。

那道光明正大盯着他的视线没了，言硕喉结滚动，给她提了个建议：

“我皮薄，你可以偷偷看。”

“……”应念间险些咬到舌头。

言硕背着应念间走进了密室中央，那里设置了一个简易的民宿场景。

“诡谲之房”讲的是在一间民宿里发生的事，被害者是民宿老板小燕，其他角色分别是两对情侣、一个医生、一个警察、一个旅行者，玩家们只知道彼此的角色名，其他一概不知。

为了推动情节，房间上方装有一个喇叭充作旁白：“欢迎各位玩家来到‘诡谲之房’，祝大家玩得愉快，下面请大家依次到书柜旁领取卡片。”

游戏正式开始，气氛也随之紧张起来。

各自领完线索之后，他们回到沙发上，你看我，我看你，仿佛还没进入角色。

旁白：“小蓝先生，你先说下案发当晚，你身在何处？”

小蓝是言硕担任的角色：“我在房间，跟小红打游戏。”

旁白：“医生，你当晚在哪儿？”

医生：“卡片上写的是……在大厅。”

第一轮的线索就这么点儿，旁白收音，下面轮到各位玩家展开表演。

“线索就这么点儿？”应念间问道，她拿的是“小红”角色，在游戏里跟小蓝是情侣关系，另一对情侣分别叫小黄跟小绿，取名风格简单随性，是边禾会干出的事。

其他人也是一脸蒙，你看我，我看你。

旁白啊旁白，你再出来说说话吧。

“这是道具类的解谜游戏，顾名思义就是，房子里有道具能够推动案件线索。”言硕将卡片翻过来，展示了一下卡片上的“道具解谜”等字样。

众人：“哦——”哦完没了下一步……

“大家四处找找，可能某个角落藏着的某个东西能作为推动案件的关键。”言硕提醒道。

众人：“哦——”哦完起身四处翻找……

应念间呆呆地看向言硕，眼神仿佛在说：他们是真的来玩解谜游戏的吗？

她进来之前，想象的是一群大佬明争暗斗，但照目前情况来看，更像是菜鸡互啄。

言硕耸耸肩，回应她：既来之则安之。

经过言硕的提醒，很快有人翻出了一些藏在角落里的道具，有钥匙，有凶器，还有被碎尸后的受害者身体的一部分……

道具做得比较良心，碎尸上涂的颜料都是仿着真血来的。

应念间缩在言硕身旁，不敢看。其他人也没觉得不妥，毕竟刚进来时言硕背着她，提过她胆小的事。

“这个部位上有指纹！”旅行者大声喊道。

“看来是凶手的指纹，大家轮流把指纹摁一遍，谁能对得上，谁就是凶手！”医生很兴奋，完全忘了关键的一点。

“可是，首先我们跳出游戏，厂家在制作道具时，会提前预料到我们其中的一个人来玩密室吗？会提前收集我们其中某个人的指纹，印上去吗？”应念间觉得很不可思议，这个玩家怕是根本没动脑子吧。

“对……你的话有道理，那怎么办？”

“我哪知道，那上面血淋淋的，再找找吧，不是还找出把钥匙吗？”应念间攥着言硕的衣角，装作很害怕的样子。

言硕站在她身边，笑而不语。他身为作者本人，拿到的也不是什么关键角色，本来也没打算参与进来。

钥匙上刻着“801”，一群人拿着钥匙去其他地方找写着801的房间。

应念间故意慢了一步，好有机会将那个沾有指纹的道具踢进沙发底下。

在旁白发线索卡时，她的那张卡片上写了“凶手”二字，但具体的谋杀过程没说，还得靠她自己猜，所以刚才的说辞，也不过是她为了掩人耳目。

毕竟，按照边禾的性格，后面的线索里估计会提及指纹，她以防万一，先将证据毁了，大不了等游戏结束再帮工作人员把道具找出来。

“走啊，不是害怕？”言硕喊道。

“啊，来了来了！”

一群人没找到801号房，把钥匙调了个方向，才发现是108……

应念间感觉这次来得太值了！若是碰上一群高智商玩家，恐怕她早就原形毕露了。

房间内摆设简单，只有一张床跟一张书桌。

桌上落满了灰尘，不知道是故意安排成这样，还是想暗示什么。

旅行者手快，先翻了遍书桌，在桌子里找出了一张照片，背面写着“1978.10.24”。

“照片上这个小人儿是被害者？”旅行者问。

“不知道啊，就画了个卡通人物，谁能猜到是什么。”医生答道。

“说不定是凶手故意藏了把钥匙，用来迷惑我们的。”应念间用手指在桌面上擦拭，一间空房许久没人住，桌内还有张照片，照片的背后还有一串数字。

数字？

“数字会不会是某人的生日？”言硕倚靠在门框边，手指划着木头上的纹路。

“我的角色是1985年4月12日，没这么老。”

“我们一个是1989年3月，一个是1988年8月。”

“我是……”

大家突然开始自曝角色资料，应念间怕他们自曝下去会对她有影响，急忙打断：“凶手不会蠢到自曝生日，后面肯定还会有线索，先别急。”

“那我的女朋友是几几年生的？”言硕眨眨眼，不打算放过她。

“1987年。”应念间大大方方地将另一张角色资料卡展示给他看，言硕可不好忽悠，必须得让他亲眼看见才行。

“噢！小红小蓝是姐弟恋？我是1990年的。”

“行了行了，出去吧，再找找别的。”

大家呼啦啦地出了门，开始在其他房间搜寻。

应念间对那张照片感到好奇，对后面的数字更是好奇，边禾的剧情里没有无缘无故的道具，作者如果真的想混淆视听，不会做得这么简单。

她绕着书柜，手往古老陈旧的落地式台灯里探去。道具没有通电，甚至连灯泡都没有，她的手指伸进卡口，碰到一个纸团。

言硕忽然出现在门口，双手环胸靠在门框上：“应念间，不怕了？”

“我本来就不是很怕，之前是因为被你吓到了。”

她将纸团往里塞紧了些，缩回手。

“好吧，那你有没有发现什么？嗯？这盏落地灯不错。”言硕扳着落地灯，往里面看了一眼，意味深长地“哦”了一声，又将它放下，似乎是没看见那个纸团。

“走，走吗？”应念间有些紧张。

“我再找找线索，这盏落地灯……”

言硕拍了拍灯罩，里面塞得紧紧的小纸团猝不及防掉了出来。

言硕：“……”

应念间：“……”

“不好意思。”言硕忍笑，捡起纸团，又塞了回去。

“……”

最后一丝理智告诉应念间：要镇定。

她伸手将里面的纸团拿出来，从容不迫地展开。

纸团上写了一行字：姐姐，对不起，小燕留。

可以得出，民宿老板似乎是在向谁忏悔。应念间将手再次伸进灯罩，摸索了一遍发现里面还有纸团，她一团团全部找了出来。

一个纸团上写着：生日快乐，10.24。

另一个写着：倘若那场火……

在小红的角色资料上，她记得小红曾做过几次整容手术，再一结合纸团内容，应念间对这个剧本，好像有些明白了。

“快过来！我们刚才发现了一条密道！”小黄急匆匆地喊道。

“你们进去看过了吗？”言硕问道。

“还没，房间内的门把手上又发现了指纹，我们猜测跟碎尸上的一样，但是道具不见了。”

应念间悄悄地松了口气，还好她有先见之明，提前把道具踢到沙发底下了。

“除此之外还有别的线索吗？”应念间问道。

“那间房子的墙壁被熏得黑漆漆的，密室里应该还有线索，走吧。”

“好。”

密室门口拦着几根炭棍，里面是很长的台阶，弯弯绕绕看不见尽头。

“之前是不是尸体还没找齐？”

“对，刚才又弄丢一块。”

“很有可能在密室里，要不下去看看？”应念间提议道。

“好啊，好啊。”

“走吧。”

“咦？这边有手电筒。”

言硕陪在应念间身边，两人走在最后，等到其他人都走进去了，言硕踏进半只脚，忽而转身夸了她一句：“小红真聪明。”

“……”

旁白：“所有玩家葬身火海！凶手获胜！”

还在下楼梯的众人：“？？？”

“咳咳，我自曝一下。”应念间清了清嗓子，“108 号房应该是小燕没成为民宿老板之前住的房间。桌子里的照片是小红，也就是我。不过当时我也不知道，而这间房间呢，应该就是我之前住的地方，曾经起过一场大火。”

“小红不是 1987 年的吗？照片后面是 1978 年！”

“小红没有葬身火海，从密室逃了，整完容回来复仇。我们作为要被封口的证人，之所以下到密室会被烧死，是因为小红早已把唯一的出口堵上了。”言硕补充道。

“哪个医生整的？整年轻了九岁啊！心动了！”

“民宿老板是小红的妹妹，根据原先住的房间，小燕身份应该是民宿第二继承人，当初那场大火是小燕策划的。”应念间回忆着纸团上的内容，感受到了小燕的愧疚悔恨。

为了金钱利益杀害亲姐姐，之后活在恐惧与悲痛中。

边禾的文贴近现实，他挖掘人性阴暗，写着世间百态，看似不可能在现实中发生的情节，其实在黑暗角落里发生千百遍。

出去后两人在附近找了家粥店，店内装修干净整洁，墙壁是用几面镜子拼成的。

“玩得开心吗？”

“还不错。”她埋头喝粥，瓮声瓮气地问了一句：“你什么时候发现小红是凶手？”

“唔……”言硕故作沉思，整个剧情都是他写的，难不成他要说在她拿到小红身份的时候，他就已经知道了吗。

“落地灯，还是……你看见我把道具踢进沙发底下了？”她自认踢得天衣无缝，言硕回头前，道具就已经进了沙发下，不仔细看，根本发现不了茶几上少了东西。

“是谈年纪的时候，别人准确到年月日，你只说了年份，你当时是发现了小红的生日日期没变吧。”

“你好鸡贼哦，我都把角色资料给你看了，你竟然还怀疑我。”

“我的天！那你有没有考虑过我的感受，姐弟恋谈成了忘年恋，原本以为只相差 3 岁，结果发现相差 3 乘 2 乘 2 岁！小蓝的心理阴影面积得有足球场那么大。”

“……”

气氛烘托得不错，言硕晃着勺子，舔了舔莹亮的上嘴唇，打着商量似的说：“我能问你个问题吗？”

应念间一股不好的预感油然而生：“答不上来的话，我可以有权保持沉默吗？”

“唔，不会太难，我只问最后一次。”

“你说说看。”

“我觉得你有时行为很奇怪，你介不介意告诉我原因？”

住院那几天，他盯着天花板思考两个问题，其中一个就是这个，他深信以及确信应念间接近他肯定是有原因，之前还以为是她喜欢他，但又有点儿违和。

身为一个写悬疑推理小说的作者，不把事情弄清楚，心里就像猫挠似的难受。

应念间咽了咽口水：“哪里奇怪？”

桌上的聊天陷入沉默。

言硕长长叹了口气，抠了两粒药就着温水服下：“走吧。”

2

两人一路无言。

快要分开时，应念间忍不住说道：“我可以以后再告诉你原因吗？”

言硕望着她的眼睛，她的眼底似一汪澄明秋水，南方独有的湿冷秋风拂过，水波荡漾，一片湿润，扰乱了他的心率。

夹道枫叶层层叠叠，浓艳得像是团炽热燃烧的火焰，言硕透过她的眼睛，看见一个男生耳尖红红，与红枫相比毫不逊色。

“可以……”

他想，既然不想说，那就不说吧，又不是非知不可的事，不过是心里多了个疑问罢了。

“那你送我回去，我有点儿头晕。”言硕扶着头。

“……”

刚刚在密室里背她，不是挺有力气的吗，怎么这会儿又头晕了？

应念间虽然百分之八十怀疑他是装的，但基于那百分之二十的信任，还是让她点头了。

“走吧，刚才吃饭时不是还好好的，那你要去医院吗？”

“不用，就一点点晕。”

应念间陪着言硕，绕过了南校区的教学楼，刚到图书馆门口，身后响起了一阵喇叭声。

“嘀嘀——”

“应念间！”

听见有人喊，应念间回了头，一辆荧光色的迈凯伦滑到她身边。

“梁老师，你的车又改装啦？”

设计院的老师、学生个个打扮得浮夸至极，像应念间这种乖巧素净的反而成了另类。

梁靓对新改装的款式满意极了："这车染成了绿色真的超级拉风，我正好有任务交给你，先上车再说。"

梁靓虽然看起来很不靠谱，但能力在院内是数一数二的强，应念间偶尔会把参赛稿跟设计稿拿去咨询她的意见，梁靓有时也会带着她磨炼，一来二去两人关系不错。

但此刻，她身边还有个头犯晕的言硕。

"我先把朋友送……"

"哎，你跟老师去吧，我可以的，头突然又不晕了。"言硕怕她不信，还晃了晃脑袋。

他表现得非常善解人意，让应念间有些内疚："那你当心啊。"

"嗯。"

梁靓看着他们的互动，嘴角抽了抽……这是什么情况？

应念间绕到副驾驶上了车，抓紧安全带还没反应过来，梁靓一脚油门踩到底，她们很快到了办公室。

梁靓从文件里翻出一张单子，上面记录着密密麻麻的文字，还有一堆数字。

"学校要在正门旁的墙壁上绘壁画，这是墙壁的尺寸，还有风格要求，上面写毛笔字那条，你不用管，院长推荐了别的学生来负责。"

"好的。"应念间对于毛笔字一窍不通，有专门的人负责，她也松了一口气。

“刚才那小子是小语种系的言硕？”

“啊？是的。”

“你俩在交往？”

“不不不，不是的，我没有，别乱说，”应念间慌得连连摆手，“他刚出院，说头晕，让我送他回去。”

梁靓一口温水喷了出来，呛得她直咳嗽，现在的小年轻套路也太深了……

应念间回到宿舍，给言硕发了消息，问他感觉如何。

言硕秒回——

【不晕了，已经有体力思考剧情了。】

【剧情？？？】

秒回的他根本没仔细看手指输入了哪些汉字，模模糊糊一行字发过去，直到应念间同样秒回他，他才发现自己差点儿掉马甲，想撤回已经晚了。

不是他不愿意让应念间知道他是边禾。

而是，他担心万一应念间知道他是自己喜欢的作者后，对现实里的他产生了崇拜滤镜怎么办，那感觉，像是蹭了边禾的光辉，而不是他自身散发的魅力。

言硕懊悔地来回走动，想办法把话题圆回来。

【是边禾的小说剧情啦，我正在推理杀害主角母亲的凶手是谁，可是所有浮出水面的嫌疑人都像烟幕弹，我觉得真正的凶手不在现有

的嫌疑人里，你认为呢？】

言硕也曾想过设定些简单的情节，毕竟太烧脑的剧情，他经常会卡文，可是当剧情真正发展到那步时，心中又有个声音在呐喊：遵从内心！遵从内心！

倒不是故意炫技，突显自己的脑洞有多大，他只是不甘写平凡随波逐流的东西，想要创造些好玩的文字。

应念间把主题单子贴在桌面上，打开了画图软件。听见微信响声，她瞥了一眼内容，没急着回他。

因为要给边禾画封面，她把这本小说重新看了一遍，通篇看下来后，她也感觉谁都有作案动机。

那么，与其在一堆嫌疑人里举棋不定，不如找个看似没有嫌疑，实则最有作案动机的人。

她直觉认为换作是边禾，也会喜欢这种“另辟新径”的剧情。

应念间回复言硕——

【如果现有的嫌疑人全是烟幕弹，那剧情真是太好玩啦！全文看不出一丁点漏洞，完美到无懈可击的人设才最为致命啊，也最适合当凶手，悄悄说一句，我押了男主的舅舅当凶手。/嘘】

男主父母双亡从小在舅舅家长大，舅舅一家对他极好，往往这种情感的反差更能产生巨大效果。

应念间想了想，觉得自己这个推理过于阴暗，会引起言硕不适，又补充了一句——

【当然啦！边禾那么变态，可能还会想出比我更变态的变态

情节！】

应念间的想法与言硕的不谋而合，连最后凶手的安排也一模一样！

这是言硕没有料到的事情，他仿佛找到了一盏明灯，心情激动，在看见应念间骂边禾是变态后，心里陡然变得更加激动，他嘴甜地奉承道——

【你最变态。】

看见消息的应念间手一滑，画歪了线条。

这是夸她，还是骂她？

……

算了算了，他一个病号，他开心就好。

深夜，校园内万籁俱静。

封面将将收尾，应念间揉了揉困顿的眼睛，把封面压缩发给了编辑土拨鼠。

“困死我了，几点了？”

“十点半了。”

程菀茗长长地吐了一口气，在瑜伽垫上换了另一种高难度的姿势。

“你怎么还在练瑜伽？你吃兴奋剂啦？”应念间揉了揉酸痛的脖子。印象里，程菀茗好像是跟她同一时间开始运动的，怎么现在她封面都画完了，程菀茗还没结束？

“恒哥哥国庆要来找我，为了保持我在他心中的美好形象，现在得抓紧时间减肥。”

“恒哥哥”全名叫高恒，比程菀茗大六岁，他俩青梅竹马。

程菀茗是外市学生，平时嫌路远，放寒暑假时才会回家，所以高恒每学期都会趁小长假来陪她。

但暧昧了这么多年，他们都一直没挑明。

“这次要成了，我带他来见你！”

程菀茗调节气息，又说：“边禾的小说完结了，我刚看完，你猜杀害男主角母亲的凶手是谁？”

“谁啊？难不成是女主角家人杀的？这种狗血家庭恩怨，‘小琼瑶’还在写啊？”

她打开网页搜索边禾，令她没想到的是读者群里竟然有这么多夜猫子，小说今晚才完结，阅读量已经破万，评论数更是水涨船高，纷纷质疑边禾是不是受了什么刺激。

程菀茗慢慢把肩上的腿放下来，换另一条腿，气呼呼地骂道：“不是！但是，‘小琼瑶’这次更离谱！我发现我看边禾的小说从没站对过 CP。”

“难不成男女主角是失散多年的亲兄妹？”

情侣是失散多年的亲兄妹这种情节也曾发生过，后来边禾被读者集体讨伐，追着骂到了微博，边·倔强·禾依旧不改文，直接甩出一条“不喜欢请右上角”的动态，堵得读者哑口无言。

“凶手是男主角的舅舅！你说边禾是不是疯了！舅舅那么好，他最后竟然献祭舅舅！朗朗乾坤，世风日下啊！作者太黑暗了！”

“啊哈？”

应念间怀疑自己在做梦，她用力地掐了下大腿。

疼！

言硕更新完小说，从药盒中抠了两粒药丸吞下。

收到应念间的消息时，他才爬上床铺。

【正经人家的姑娘：！！！】

【正经人家的姑娘：边禾的书完结了，你看了吗？】

【言硕：看了。】

寂静漆黑的宿舍里，应念间开了盏小台灯，时间紧迫，她现在在着手画主题壁画，怕惊醒程菀茗，她把手机设成了静音。

【应念间：天哪！情节和我设想的一模一样，我惊呆了！手一抖……把账号里的余款全打赏给他了。但我不后悔！！！】

言硕轻笑一声，感觉胃部的不适在慢慢被冲淡。

【言硕：赏了边禾多少？我人傻钱多，乐意帮你报销。】

【应念间：不用！！！我心甘情愿哒！】

她控制鼠标翻看评论，兴许是因为完结的缘故，哪怕已经到了深夜，留言区的评论依旧一层接一层地盖着，放眼望去，竟然……全是负面评论？

读者敲着键盘辱骂边禾心理阴暗，说他嚣张，说他疯狂。

仅仅是因为没有写他们所中意的情节，便要受到这等评论。

不知为何，她突然有些心疼这位素未谋面的作者。

【应念间：我感觉边禾放那么多烟幕弹出来，可能想过要把剧情从简，不知道什么原因让他坚定了想法，啊……我私心希望这个宝藏作者能永远写下去，写他喜欢的。】

【言硕：据我推理，边禾在未来几十年会一直奋斗在文坛一线。】

【应念间：重点是！他要写得开心啊！否则，书也会变得没有意义。】

互道晚安后，那句“要写得开心”，让言硕翻来覆去睡不着。

应念间一席话误打误撞安慰了言硕，他翻身趴在床上，把头埋进枕头里，抑制不住地轻笑，胸腔柔软处的空缺逐渐被喜悦填满，泛着甜蜜。

姜寿司探出脑袋，以为言硕胃病又犯了，迷迷糊糊地开了小夜灯。

“顶不顶得住？”

“兄弟——”

“说。”

“我坠入爱河了。”

“……别闹。”

知道他无恙，姜寿司拽了拽被子裹裹好，生怕言硕深更半夜爬上他的床，可刚闭上眼睛，又蓦地睁开：“我的天！谁？”

养了三年的猪终于知道拱白菜了。

3

不同于某人因为心潮沸腾失眠，盯了一夜的天花板，应念间可是一整夜没闲着，周日一早就把主题设计完发给了梁靓。

设计风格延续了她以往的习惯，线条跟颜色配得尤为大气，梁老师审批完直接安排人员着手。

负责写毛笔字的学生很忙，一直没露面，好在不妨碍画画进度，也没人在意。

收尾当天。

应念间上午课程结束得晚，去得也晚，临近中午只剩零星几个人在修改细节，程菀茗不顾形象地坐在地上，身上沾满颜料，见她来了往旁边挪了挪给她让位。

“A3 到 D7 的线条已经勾好了，以后说出去我也是临摹过 Finar 的人了，可把姐姐厉害死了。”

Finar 是原野教应念间画画时给她取的，不过应念间只有参加比赛、为品牌设计服装时才署名 Finar，平时接单画封面都用另外的笔名“盒子”，知晓她是 Finar 的很少，梁靓算一个，程菀茗也算一个。

应念间双手比了个正方形，把程菀茗画好的图案框起来，装出一副资深鉴赏师的模样。

“嗯，嗯，不错，今年的金复制奖就颁发给你吧。”

“复制奖？哈哈哈……”

程菀茗笑着推了应念间一下，她始料未及，脚一滑向后倒去，身后的学生正弯腰在涮着画笔。

只听“哗——”的一声。

水桶倒在了应念间的脚上，鞋子从里到外湿了个透。

季节虽然还没到寒冷刺骨的时候，穿着湿鞋不会感到浑身冰凉，却格外难受。

“……”

“……”

“你们继续，我先回去换双鞋。”

说完，她心情平静地穿着湿鞋，一步一个鞋印走回了宿舍。

应念间换鞋子用的时间稍久，回来时程菀茗发现她连衣服、裤子也都换了。

“你回去洗了个澡？”程菀茗有些迟疑地问。

“没……回去的路上不小心栽到绿化带里，沾了些泥。”

昨天气温再度下降，半夜还下了场雨，绿化带上的黄泥泛着潮湿，格外松软，应念间走在路上被两个学生蹭倒，重心不稳地跌进了绿化带。

这倒霉运气一旦开始，便接二连三地发生，压都压不住。

程菀茗无奈扶额：“应念间啊应念间，你真是太惨了，人间悲剧，看来连言硕也回天乏术了。”

听见有人提及言硕的名字，拐角处一个女生收回脚，藏进了阴影里，可能因为是生平第一次偷听，她格外紧张，手中握着洗净的毛笔，指尖泛白。

拐角另一侧的对话还在继续。

“言硕上次问我，我的行为为什么那么古怪。”

“哈哈哈……古怪？确实挺古怪，为了蹭好运做了不少蠢事。”

“我容易吗我！想蹭个好运怎么那么难。”

“不过你还是第一个这么接近言硕的女生哦……对了！跟你说个事，”程菀茗放下画笔，往应念间身边挪了挪，悄声道，“言硕还没交过女朋友！”

应念间惊讶地捂住了嘴巴，仿佛发现一个了不起的惊天大秘密。

“不会吧……”

“真的哦。”

“……”

下午程菀茗有课，把东西交给应念间就先走了。

应念间留下处理细节，布景墙前除了她，还有一个长相甜美的女生在写毛笔字，早前听说过写毛笔字的同学很忙，没想到最后一天才来。

应念间收拾好颜料，提着两个脏兮兮的水桶走到陶花身边。

“我这边收尾了，你需要帮忙吗？”

“不用。”陶花浑身上下散发着拒人于千里之外的气息，鄙夷地扫了她一眼，低着头继续摘抄文字。

眼神像一把利刃，实实在在扎了应念间一刀，她怀疑是自己眼花了……

应念间只好认定是女生性格如此，不善交际，一个人悻悻地提着水桶离开。

秋风掠过，地上杂草黄了一片，草坪上木板光秃秃地暴露在外面，上面的纹路被岁月磨平，陈旧潮湿一看便知是用了几十年的产物。

应念间沿着木板，去了最近的一座洗手池，路上经过一栋建筑，听见一男一女站在门口谈论什么。

女人年纪略大，微卷的短发捋在耳后，她跟男生手里都拿着稿纸。

“你语速一定要慢，不然陶花很难在那种嘈杂的环境里听清你的台词，她第一次主持，可能会怯场，你稍微注意点儿。”

“好的。”

“嗯，等她写完字回来，再跟她练习下，记住，语速要慢，我先进去指导别人。”

……

原来这座洗手池的旁边是言硕排练的大厅！

难怪每次来洗画笔，都觉得这栋建筑有些眼熟，只不过大厅正门太气派了，一时间无法将这个小门与它结合起来。

言硕看见了应念间，有些迫不及待地向她跑来。

“应念间、应念间、应念间！”

他语速确实挺快，而她的名字喊快了听起来像“一年级”。

应念间朝他弹了几滴水，本想学着老师的模样教育他，偶然灵光一闪，想起了一件事，忍不住笑着撞了他一下。

“哎，言哥，你大学三年没脱单是不是因为语速太快，告白的时候女生听不清啊？你不觉得刚才你把我名字喊得像‘一年级’吗？”

她第一次喊他“言哥”，言硕一愣，身体像泡在酒里酿了百年，酒气熏得他有些轻飘飘，酥酥麻麻的感觉令他情不自禁地笑弯了眼。

“你笑什么？我说对了吗？”

他的笑容让应念间有一瞬间恍惚，仿佛在哪儿见过。

没等她想起，言硕注视着她的眼睛一字一句说得虔诚又缓慢。

“我、喜、欢、你，听清了吗？”

他稍稍偏头，带着些期待。

仿佛是一枚威力十足的原子弹在应念间耳旁降落，掷地有声，她眼睛蓦地瞪大，后退了一步撞在洗手池的边缘。

言硕这句话威力极强，不仅震得她耳膜生疼，还炸得她整个脑袋嗡嗡响。

洗手池中两个水龙头哗哗作响，言硕越过应念间，伸手关上，世界瞬间清静下来。

“听清了吗？”

应念间机械地点头。

“点头是什么意思，我现在又不是在抢你钱。”

言硕原本一只手撑在她身侧，现在直接双手撑上去，把她壁咚在洗手池边缘。

旁人听了告白，哪怕拒绝也会开口说上两句，而应念间整个人惊慌失措，愣在原地一句话也说不出来。

两人四目相对，气氛突然从头尬到脚趾……

这是言硕的第一次告白，没什么经验，说完他才后知后觉地紧张起来。

不至于被拒绝吧……他舔了舔嘴唇，眼神飘忽着不敢看她。

是不是太突然了，该弄个提前预告？埋个伏笔？完了，万一被发好人卡岂不是连朋友都没得做？

要不直接强吻？小说里都是这么写的……

言硕皱着眉头，心里暗戳戳地想办法收场。

“应念间……”

他哑着嗓子，喊她时声音中带着些黏糯，尾音绵长像在撒娇。

他豁出去了！今天必须从应念间嘴里撬出一句话来！

突然撒娇的言硕让好不容易镇定下来的应念间，再次受到冲击。

应念间一时间气血上涌，感觉鼻腔里有一股暖流涌动，她伸手摸了摸鼻子，还好，没流鼻血。

等会儿！她不是来洗画笔的吗？言硕在干什么？

“我在跟你告白。”

她惊了：“阿巴阿巴阿巴。”

“？？？”

言硕一脸问号。

应念间指了指喉咙，拎着两个水桶装着哑巴，在言硕一脸蒙的注视下，逃了……

4

言硕丧着一张脸回到大厅，格外郁闷，滑开手机想追问应念间结果，又怕把她逼得太紧，顿时问也不是，不问也不是，晚上还有场晚会要主持，他此刻却心烦意乱毫无心情。

微信列表顶上来一则消息——

【编辑土拨鼠: 封面出来了，忘记发给你，你看看哪里需要修改。】

【编辑土拨鼠：图片 .jpg】

言硕点开图，扫了一眼，回了句：

【人物表情太呆。】

他按熄屏幕，姜寿司拎着一套西装咋咋呼呼地向他走来。

“瞧瞧，你晚上的战服！要不要兄弟帮你约应念间来玩？设计系今晚好像也有活动吧？你要不问问？”

“……”

姜寿司没得到回答，满脸嫌弃：“你这是啥表情？跟失恋了一样。”

“失恋”二字再次惹恼了言硕，他夺过西装，推开姜寿司走了出去。

姜寿司挠了挠头，下意识地觉得不对，连忙追了上去。

应念间提着两个水桶逃到了教学楼区，见言硕没追来，她瘫坐在凉椅上。

怎么会有人那样告白？

顺其自然地接上了她的话题，说出来连考虑都不带考虑，害得她差点儿没分清真假。

想到言硕，她的脑海里突然不断放映着她装哑巴逃跑的情景，画面从各个角度放映了一遍，仿佛当时有无数个机位在对着他们一样。

太糗了！她尴尬地捂住了脸……

程菀茗下了课，远远看见应念间捂着脸，一路喊着“天啊”朝她狂奔过来。

“快跟我走！我正打算去找你呢。”

“去哪儿啊？”应念间头皮的麻木还没退散，实在是提不起劲。

“好东西！去晚了就没了！”

程菀茗拉着应念间一路狂奔，画笔在水桶里晃荡，应念间一路顾着画笔，跑得有些狼狈。

校公告栏上——

一张宣传海报贴在正中央，占了三分之一，看了纸张痕迹，似乎是刚贴上去的。

“这儿，这儿。”程菀茗指着海报上一角，“言硕！”

应念间跟着望了过去，忽然脑海中又开始放映她落跑时的场景，一阵烫意攀上了脸颊，她下意识地捂着脸，不再看他。

“我回去给你做十张，走吧。”

“言硕！你看见没？”

程菀茗转身跟公告栏贴在一起，双手对着海报的一个角落做了个托举动作。

那个角落上有一个西装革履的男生，旁边文字对他的介绍是：主持人兼统筹策划。

“看见了。”

“成，挖吧，过会儿人多不好下手。”程菀茗从口袋里掏出上课用的美工刀，递到她手中。

应念间推出了半截刀片，又推回去：“挖啥？”

“我的天！言硕的照片在公告栏上经常被撕走，你不知道吗？”

“太变态了吧！”

“好像是有点儿……哎呀，人生难得变态一次，”程菀茗四下观望，防止某个犄角旮旯里冒出第三人，“你撕下来带回去贴枕边，每天醒来想想就刺激。”

“……”

是……是挺刺激。

应念间被说服了，鬼使神差地拿着美工刀站在公告栏前，却迟迟下不了手。

“你犹豫……”程菀茗话说到一半立刻噤声，突然从公告栏前闪到应念间身边，“羡慕吧，好气派哦！海报真好看，是吧！呵呵呵呵……”

应念间磨叽了一会儿，下定决心，她把美工刀收起，拉着胡言乱语的程菀茗，指着海报上言硕的位置，大言不惭地说：“他！以后会躺在我的枕边！听重点，我说的是躺，不是贴。”

程菀茗的脑袋悄悄转向了身后，她感觉那个人已经走近了，不知道他有没有听见。

应念间点了点海报上言硕的位置：“好好的大活人不要，要什么纸片人，你说对不……”

一转身，言硕站在她的身后，穿着一身黑色西装，合身的剪裁衬得他身材挺拔，比穿休闲装多了几分成熟。

西装面料缀着点点星光，在路灯的照耀下，犹如披了整个浩瀚宇宙。

璀璨夺目，用来形容今晚的他再合适不过。

他盯着海报若有所思。

“挺对的。”

“……”

言硕怕应念间再次脱逃，伸出两根手指扯着她脸颊上的软肉。

“不过我本人很保守，最好先领证。”

“……”

“你可以逼迫我，再带上身份证，我很好就范的。”

“……”

这会儿不只是应念间惊了，连看过无数篇霸总文的程菀茗也惊了，她脑海中闪现了无数“霸道区草爱上她”的情节，开文的心思被勾得蠢蠢欲动。

言硕之前经过姜寿司开导，差点儿以为应念间是不好意思拒绝他才溜走，刚刚知道了应念间的想法，他喜上眉梢，开心地想去把姜寿司暴打一顿。

终于安心了，他看了眼手表上的时间，面容染上一层急色，他留恋地捏了捏应念间的脸颊。

“女朋友说什么我都懂。”

应念间：……我说什么了？

男生走后，程菀茗给应念间竖了根大拇指：“你刚刚的哑巴演得很到位。”

姜寿司再次见到“失恋”的言硕，后者心情发生了肉眼可见的变化。

“言哥，你是不是受刺激了？告白被拒绝也不能代表你一无是处，虽然你的感情线没有我顺利，虽然我一次告白就成功，虽然我长得比你帅，但你目光还是得放长远些，好歹有那么多读者在等你开新文……”

言硕哼着歌儿从姜寿司身边路过，像想起什么似的，又退回来拍拍他。

“以后别喊我言哥。”

“那喊啥？”

“随便喊。”

“儿子？”

“可以！”

言硕左手插进了裤兜，右手打着响指从他面前再次路过。

姜寿司眼角抽了两下，完了完了，疯了，这回是真疯了！要是搁平时他这么说话早被打成孙子了。

他冲言硕的背影喊道："陶花说她在后台等你。"

言硕正好也是要进后台的，他竖了个"OK"手势，绕进了后台休息间。

休息间此刻只有陶花一人，她从镜子的反射里看见了言硕，起身迎上去。

"言硕，你认识应念间吧？"

"嗯。"

不知道陶花为什么会提起应念间，言硕心生狐疑。

"你不是想知道她为什么行为举止很奇怪吗？我知道，你想听吗？问我！"

陶花身高才及言硕胸口，为了在台上看起来与他般配，她特地选了双 12 厘米高跟的鞋，鞋跟太高，她重心有点儿不稳，自穿上起小腿一直胀痛。

言硕面含笑意，眼里却透着丝不悦："谢谢，但我不想从别人口中，知晓我女朋友的事。"

"女朋友？应念间接近你是带有目的的！你以为她真的喜欢你吗？"

陶花承认，她有私心，言硕很优异，接触过他的女生无一例外都会对他有点儿好感。跟他搭档的这段日子里，她一度觉得离他很近，甚至感觉可以近水楼台先得月。

然而……

“她想利用你转运！”

言硕眉目一怔，但还是带着宠溺地说——

“我愿意被她利用。”

5

一大早，程菀茗不知道从哪里得知的小道消息：“南校区迎新晚会出事了！”

应念间手下一顿，以为是言硕出事，她的心瞬间揪在一起。

“出事？”

“哎呀，不是你家言硕啦，是女主持的高跟鞋太高，崴了脚，当晚被送去了医院，言硕独自主持完整场晚会。”

“这样啊……”

应念间松了一口气，继续改着封面，这还是她头一次因为人物表情太呆板被打回来重修。她忍不住把旧表情翻出来单独截图，P了张表情包发上微博。

【@盒子：盯.jpg】

更新完动态，应念间刷着评论，把眼熟的ID回了个遍，看见一条“亏你还记得自己有个微博”，忽然想起她还有另一个账号：Finar。

原本“盒子”是摸鱼小号，Finar则负责接商业合作，可后来小号混了同人圈，有些编辑顺着画稿摸到“盒子”，约过一次封面单，就有第二次，之后她的重心就逐渐偏向小号，大号开启了高冷模式。

上次大号更博还是替 G 家转发夏秋换季新品，距离现在已经停更一个月了。

……

应念间有些心虚，她切换了账号，在手机的库存里搜罗适合发表的配图。

翻了半天，唯一能拿得出手的，竟然是给学校画的设计图，防止产生版权问题，她把原稿换了种莫兰迪色。

【@Finar：下半年第一张作品。】

应念间刷新动态，多了几条评论。

【笑春风：F，冒昧问下您何时画的？】

“笑春风”关注了她多年，每次她发动态，“笑春风”都是第一时间评论，应该是加了特别关注。

应念间如实告知。

【@Finar：shang 上周六。】

发完应念间才意识到多打了个“shang”，刚想删除，对方却已经收到提示，抢先回复了她。

【笑春风：谢谢 F，身体安康。】

应念间的大号动态，总是种暮气沉沉的口吻。再加上她从不分享日常，让人扒不出一点儿资料，合作方包括粉丝，潜意识里都一致认为她是位三十岁奔四的优雅女人。

……

“有粉丝祝我身体安康，我回啥才能显得年轻？”应念间苦着一张脸。

“给她回个蹦迪表情包，唔……不行，对方可能以为你蹦老年迪。”程菀茗换了身运动装，正在往外套口袋里揣小零食。

应念间：“……”

应念间：“只是去打太极而已，没让你扛物资去前线打仗。”

她们下节是体育课，9月的最后一节课，体育老师终于不负众望申请到了南校区的体育馆，馆内分为两层，四周围着红黄相间的看台，正中央是篮球区域。

立秋后下了几场雨，气温骤降，球场上的男生们却仍旧穿着短裤、短袖挥洒汗水。

女生们抛却矜持，在场边欢呼尖叫。她们不懂球，大多都是为言硕而来的，好在言硕没让她们失望，扣篮劲头又准又狠，一个接一个的三分，打出全场分数最高。

大汗淋漓的男生退下场，换了个人顶替。

姜寿司给言硕丢了条毛巾：“你一个刚出院没两天的病号给兄弟们留点儿面子啊，谁惹你了？”

言硕不是爱在女生面前出风头的人，与其说他是为了炫耀球技，还不如说他是心情差，为了发泄。

“没谁，你们继续，我先走了。”

他说着开始收拾东西。

体育馆门口出现一道熟悉的身影，姜寿司眼尖，二话不说拦住言硕，把他往球场上推。

“等会儿，先别走，快，再去场上臭显摆一会儿。”

本就烦躁的言硕有些恼火：“我说不打了。”

“应念间来了，看那儿，看哪！”姜寿司扶着他的肩膀，让他转了个身。

乌黑的长发束成马尾，露出一截纤细嫩白的脖颈，场内一束自然光照在她脸上，像打了层柔光。

她走了两步，心血来潮对着空气做了个投篮动作，投完对身边朋友说了什么，笑得前仰后合。

时间在此刻走得异常缓慢，像开了延迟二倍速。

言硕心底翻腾许久的海浪被她不费吹灰之力抚平，风平浪静过后，心绪静得可怕，只剩海面泛着圈圈涟漪，漾得心头痒痒。

他想，不管她是出于喜欢，还是带有目的，都无所谓。

应念间的心门又能有多牢固呢？哪怕敲断指骨，他也一定会住进去。

应念间手舞足蹈地跟程菀茗聊天，扭头不小心对上了言硕的视线，她略带腼腆，迅速掏出手机给言硕发了段文字，而后指了指体育老师。

言硕感觉腰间一震，了然地弯起眼睛，似月牙般明亮，他重新投身球场，比之前还要亢奋。

姜寿司脱了外套也加进去，他不怕事大，双手放在嘴边有意对着应念间的方向：“兄弟们，谁能把言硕打得认输，我请谁吃一个月的午饭！”

这是男生之间心照不宣的固有套路，一群直男便是再怎么不开窍也知道场上肯定是有言硕喜欢的女生，明里个个都在围堵言硕，暗地里却疯狂给他传球。

男生的行为有时真幼稚，但又莫名让人眼红心热。

……

一场打下来，言硕站在场边擦汗，他觉得自己刚才就是个血气方刚的傻子……

女朋友来了，他为什么不去陪女朋友上体育课，反而浪费时间陪群菜鸡打球？

应念间正在练三步上篮，嘴里念念有词数着步数。

迈到第三步时身子微微一顿，原地起跳，篮球被她丢了出去，砸到篮板又弹回来。

如此反复几次，女生平静地拍了拍手上灰尘，坐到看台上休息。

言硕在场边捡了个篮球，气打得很足，弹力不错，他对着应念间招了招手。

“下来，教你投篮。”

“哦……”

看台上的围观群众目光始终追随着言硕，听见他嘹亮的呼喊，视线齐刷刷地向隔壁看台望去。

只见一个鼻尖带着晶莹汗水的女生兴冲冲朝言硕跑去，身形轻盈又翩翩，离得老远都能感受她身上的雀跃，那女生还有点儿眼熟。

围观群众目瞪口呆，不忘掏出手机拍照片上传论坛，很快，一篇八卦帖顶风作案冲上了热度第一。

【南校区姐妹们的房子塌了，但我拍到真的了！嘻嘻 =v=】

【楼主：还有人记得一个月前他们从同一间房走出来的事吗？早前帖子被删了 5555，言念益寿 szd！嗑到了！】

【楼主：图片 .jpg】

图片上，天窗漏了束光恰好照在应念间身上，她的周身镀了层柔光，像刚幻化成凡人的懵懂仙灵，满心欢喜地朝他奔去。

两人颜值高，画面格外养眼。

【别扒拉那女孩！放开她！你们放开彼此冲我来！】

【“言念益寿”是什么鬼哈哈哈！这 CP 名一听就长命百岁。】

【最近论坛整顿，楼主你号要没了。】

……

课后，应念间在体育馆内多坐了一会儿。

看台上的围观群众陆陆续续散了，乍一看馆内大得有些冷清，篮球场上，那群男生轮流上场还没打尽兴。

应念间拽了拽言硕，问道：“你们一场一般要打多久？”

“平时不计时，累了就换人。男生吗……体力总是充沛些的，疯起来打上半天都没问题。”

“那你打什么位置？”

“中锋。”

“是那个红衣服男生打的位置吗？”

言硕眼神眯起，半晌，那张皱成团的脸才松懈下来，坦然道：“我分不清红色。”

“场上就一个人穿红色衣服，又没让你分口红色号……”

“我是色盲，分不清红绿色，小时候不知道自己跟别人不同，经常把太阳画成绿色，美术老师找了我好几次麻烦，后来还是她发现我视觉色感有问题，建议我去医院查查。”

活了小半生，早已习惯眼中混乱的色彩搭配，言硕说得风轻云淡，仿佛是在讲述别人的故事一样。

应念间心底像被什么刺痛了一下，针扎的一般，细小却让人难以忽视。

印象里她也遇过一个学生，经常把绿色草地涂成棕色，其他学生用他们的天真无知嘲笑着他，殊不知这行为有多么残忍。

言硕小时候可能也遇过同样情况，现在能这么开朗实属不易。

应念间忽然有些内疚，觉得格外对不起言硕，至于哪里对不起，她也说不上来，就是觉得自己当初带有目的地接近他……很过分。

“那以后我来当你的眼睛，告诉你世界是什么颜色。”

“没事！我们是天生色彩感好到被命运嫉妒，为了持恒才被夺走颜色，你们的眼睛太普通，我还不感兴趣呢！”

言硕说完低头在她的眼睛上吻了一下，冰凉湿润。

应念间感觉眼皮麻酥酥的，像触了电，静静地屏息，等他松开她。

言硕像是想到了什么，抓住了她话中的重点：“等会儿，你意思是说我的审美不行吗？我的穿搭有那么不堪吗？今天打球我都配了同色系袜子，你看多精致！”

他说着便把长腿一伸，应念间拦住他：“不是，其实……”

“？？？”

“你不是说我行为古怪吗……我原先很倒霉，但奇怪的是，遇见你之后就不倒霉了。”应念间鼓起勇气说道。

言硕一愣，明白过来，他的喉咙有些干涩，喉结滚动了几下，故作轻松：“哦……你蹭到了我的好运。”

“唔……你当时生病，脾气又臭，心情又差，我觉得说出来你肯定会认为我是带有目的，”应念间一顿，她接近言硕确实是带有目的啊，又连忙为自己辩解，“但只是一开始带了点儿，我后面是真心实意想结交你这个朋友的！”

“结交？你都把我骗到手了，还说结交？”

“重点是这个吗？你现在是不是有点儿过于淡定了。”

“是吗？可能是因为之前已经有人跟我说过，所以第二次听没什么感觉了。”

之前？第二次？这事只有她跟程菀茗知道啊，但程菀茗不会是那种人。

除此之外，那还有谁知道？难不成是她某天睡着说梦话被人听见了？但她也没有说梦话的习惯啊……

应念间有些疑惑："是谁呀？"

"陶花，你不认识吗？"

"不认识……噢！那个写毛笔字的女生？"

没想到啊……看起来挺高冷的一姑娘，竟然会背后嚼人舌根，但是她又是怎么知道的？

还没等应念间提问，她的手机响了起来。

"喂？"

"念间，有人举报你壁画抄袭。"

Chapter 05 狗血生活

我三年级前叫应稔涧，
可我对你一点儿印象都没有

NIJIUZHANGZHEWOXIHUAN

1

校方非常看重这次的壁画，接到举报立马联系了负责人，奈何梁靓外出有事，一时半会儿回不来，院长就直接越过负责人联系了主笔，联合各系主任一同审理。

去的路上，应念间心情无异，有言硕的陪伴，她觉得很有安全感，更何况她没做过的事，问心无愧。

抵达院长办公室时，里面已经乌泱泱站了一群人，像是准备审理犯人。

“老师们好，我是设计师也是主笔应念间。”

“应同学你好，我院内部开了个小会比对证据，一致认为你的设计不是原创，设计院抄袭作弊是大忌，继续念下去不太可能，考虑到你已经大三……”

偌大的办公室里静得出奇。

“啪嗒”一声，一根香烟在院长的指尖被点燃，呛人刺鼻的烟味缭绕着应念间的鼻腔，也在她的心上笼罩了一层阴霾。

“我不认。”应念间的话音掷地有声，所有人向她投去目光。

“肯定是你们搞错了，我是她的舍友，设计图是我亲眼看着她在周六晚上熬了通宵画的。”程菀茗辩解道。

“那你一整夜都在盯着她吗？”

门外响起一道声音，一个拄着拐棍的女生在别人搀扶下走了进来，房间内浓重的烟味似乎让她感觉不适，微微皱着眉头。

院长明白过来，二话不说把手中的烟蒂摁灭在烟灰缸，起身打开窗户通风。

“是你举报的？你写毛笔字的时候为什么不当面提出来？”程菀茗气势汹汹地说。

“举报就举报，还分良辰吉日？”

抄袭头衔一旦扣在设计师的头上，便意味着会被业内人士唾弃，不过应念间没做过的事，她不会认，也不会屈服。

“我的画我最清楚，整个设计过程中我没看过任何图片，也从未借鉴、临摹、抄袭，这幅壁画的设计理念是遵循传统文化，弘扬宜江大学百年根基。”

“方便的话，我想看下证据。”言硕拉住应念间的手背在身后，与她十指相扣，安抚着她内心的躁动。

“对啊！老师看过了证据，也要让学生看一看吧，我倒要看看是哪位大师有资格被应念间抄袭了。”程菀茗被他们完全果断的判定气得不行，恨不得立刻把应念间得过的国际大奖全部翻出来砸在他们脸上。

院长受到质疑，心里窝火，面对一群不到黄河心不死的学生更是生气，他随手把几张证据甩在桌上：“自己拿去比对。”

“有资格？就应念间她也配！我已经把抄袭的始末都私信给了那位画师，你等着她的律师函吧。”

陶花被程菀茗的一席话触了逆鳞，十分愤懑，好像下一秒就要举起拐棍打人。

言硕把两张照片拼在一起对比，那位英文名字的画师更新动态是在今早，附带的图片跟应念间画的一模一样。

他皱起眉头，脸上难得露出一丝明显的烦躁。

沉默片刻，他问：“颜色一样吗？”

在过去的二十多年里，言硕是真的不在意视觉。

但他从未想过有天会经历这种事，自己相信的人深陷“抄袭”风波，他却连简单的颜色都辨别不了，更别说找到什么证据帮她辩解……

他有点儿懊恼地把两张图片移交到应念间手中，程菀茗好奇，凑了上去，看见那位画师的名字后，忍不住当着众位老师的面骂了句脏话。

程菀茗的反应足以让在场所有人坚定地认为——应念间抄袭了。

眼见着尘埃落定，陶花摩挲着拐棍，开口——

“应念间，你扪心自问，你的才华到底是偷来的，还是本身就有？不是自己的东西，哪怕先得到了，最终也会像今天一样，原形毕露。”

“话说得在理，我同意。”程菀茗突然“倒戈”，找了张椅子坐下。

言硕托着手臂，摩挲着下巴，也慢慢平静了下来：“上周六才接到任务，周日就已经出稿，就算在周六晚上，她机缘巧合之下看见了这张图，而这张图的主题又恰好贴合学院的壁画，这个概率是不是也太小了些呢？而且画手是今早才在公共平台上发的这张图片，如果应念间上周六就看到了，她又是如何做到的呢？”

事关应念间，他有一瞬间慌了。

好在他还是个写过不少推理情节的作者，即使在这种情况下，也及时调整了心态整理逻辑，在看完证据的程菀茗倒戈后，让他认定了一个推理结果：

应念间跟 Finar 肯定有关系，说不定她就是 Finar。

陶花像看怪物一样看着他，有些陌生：“言硕！证据确凿你还要替应念间申辩，不惜颠倒黑白？我真是看走眼了！”

“行了！”

院长拍拍桌子，打断了他们。

一个个那么能说，早知道在大一的时候就把他们全丢进学校辩论队。

“我……我来了，院……院长，哎哟，喘死我了！”大门被重重推开，梁靓调匀气息，“听说我的学生抄袭？”

“证据摆在眼前，还抵死不认。”院长听了言硕的证词有片刻动摇了念头，而后又被陶花的话惊醒，他说着便要从烟盒里抽根烟出来，对上陶花的视线后又放下了烟盒，两人的小交流没人关注，却被言硕尽收眼底。

“抄袭？能耐了，小腰板挺硬朗啊，我看看抄了谁的。”

“抄的 Finar，实锤。”程菀茗松了口气，在一旁看戏看得津津有味。

“实锤啊？那给钱吧。”

“设计院的宗旨是原创，出了抄袭事件，等同于打脸，这已经不是简单的小错，给钱也保不住她，我知道你护短，但这时不能感情用事，你要理性。”

没有尼古丁，院长有点儿狂躁，忍不住在心里吐槽，梁靓还不如不来，来了要给他添多少口舌麻烦。

“别争了。”许久未出声的应念间将手机屏幕对着陶花，屏幕里是微博的私信窗口，“我就是 Finar。‘笑春风’是你吗？收到私信了，我会看着处理。”

“你……”

陶花脸色霎时变得苍白，像被人当头一击，浑身颤麻着说不出话来。

一切发生得太过突然，在场老师纷纷被雷在原地，院长最先反应了过来。

“你就是 Finar？”

应念间转而拿着一张所谓的证据，向陶花解释：“今早回复你时，我没注意多输入了一行拼音，日期其实是上周六，不是上上周六。”

“……”

这世界实在是太小了。

原本应该是多年网友面基分外眼红的场景，却被这一场乌龙闹成了“情敌见面，分外眼红”。

陶花还沉浸在“应念间就是 Finar”的真相之中，话题又被院长接过去：“原来是场乌龙啊，那散了吧，散了吧，回去各忙各的吧。”

“院长，我之前把设计稿交给应念间画是不需要报酬的，现在你们自己翻出是 Finar 设计，理应是要给设计费的，Finar 的设计一张多少钱？”梁靓在学院内是出了名的护短，而且得理不饶人，以往她为了护学生，跟院长吵了不止一两次，不然凭她的能力早该晋升了。

“这，这学生为学校服务不是理所应当的吗，提钱多见外啊。”

“院长亲口说要理性，不要感情用事，话音刚落就捡不起来了？”

“对不起。”陶花突然大声说道。

应念间扭头对上了陶花通红的眼睛，她的眼睛里包含了太多感情，有些复杂。

想来，陶花也是因为不知道她跟 Finar 是同一个人，才会演了这场闹剧，而应念间其实也不会真的找学校索要报酬，借着这个台阶，她顺势走了下去。

“算了，梁老师，我都明白。”

“应同学啊，不然这样好了，奖励学分再全校表彰，你看行不行？”系主任出来打圆场，提了个建议。

应念间点点头：“可以。”

事情终究是要收场，再闹下去谁都不好看，应念间才大三，离毕业还有一年，她也不想跟院方闹得太僵，但也不能拂了梁靓的面子，还是要了点儿补偿。

从办公室出来的时候天色已有些晚了，言硕以担心应念间心情受损为由，拉着她在校内闲逛。

“言硕。”

“嗯。”

她摸了摸言硕的头顶，把顶端的呆毛按了下去，赞许道：“你的推理能力真好，之前在密室的时候你是不是有意隐藏实力？”

“你玩得开心就好，不过你觉得是我强还是边禾强？”言硕几乎是无意识地脱口而出，等他发现话里带着酸味时，女生已经在思考了。

“理性点，我选边禾；感性点，我选你。”

反正理性感性全是他，言硕克制住上扬的嘴角，忍不住臭显摆。

“我还发现了一件事，你们的院长是不是姓陶？他好几次想抽烟都被陶花用眼神制止了，关系貌似很亲密。”

“你推理我身份的同时还在关注另一个女人吗？”

“？”

他原先以为陶花是喜欢他，所以嫉妒应念间，转而联合院长陷害应念间退学，但在找证据的过程中，看他们的互动不像情人，更像亲人。

他现在不过就是想问下院长的姓氏，来证明这个猜测。

怎么就……

“吃醋了？”

“没啊。”应念间摸摸鼻尖。

“真没啊？”言硕叹了口气很是无奈，他打开百度，振振有词地敲击键盘，“女朋友口是心非，我该装傻吗？”

网速很快，下一秒就弹出了答案，言硕挑眉，似乎很赞同。

“言硕！”

女生皱着眉，深深的“川”字烙印在她的额头上，下一秒，她的腰上多了股重力将她向前拉扯，束缚进一个宽阔的怀抱。

言硕腾出一只手抚平了她的眉头，紧接着往下盖住她的眼睛，调笑道：“好凶哦。”

“……”

她被他牢牢禁锢在怀中，眼前一片黑暗，心里大约能猜到他想干什么，既紧张，又有些期待，双手牢牢地抓紧他腰侧的衣服，攥得手心冒汗。

他用鼻尖轻轻蹭着应念间的鼻子，两道呼吸缠绕在一起，黑夜里极其暧昧，他看着应念间莹亮饱满的红唇，喉结滚动，一个浅吻落下。

“住院时我就在想，如果以后你继续缠着我，对我做些稀奇古怪的事，我会愤怒，还是胆怯？然后，我迫不及待想见你……

“见到你很开心……

“所以，当时在密室里我就决定，不管你多么奇怪，我再问最后一次原因，你答或者不答，我都要告白……

“哪怕爱情不能对等，我也愿意做多付出的那方，我喜欢你，应念间。”

应念间手攥得更紧了些，一层层酸涩上涌，眼眶发热。

“突然……突然说这个干吗？”

“想把告白仪式做足点儿，不然你以后想起来，全是我在洗手池旁强人所难的画面。”说完，他松开了她。

应念间发现他们在不知不觉间走到了言硕的宿舍楼下。

宿舍灯光眨眼间全灭，持续了两三秒，周围、包括他们身处的这片空地全部陷入了黑暗，就在应念间以为男生宿舍跳闸了的时候，不知是谁趴在窗口狼嚎了一声。

旁边的草丛一阵窸窣，姜寿司扛着个喇叭冲了出来，直直地往宿舍的方向冲去，喇叭里还在放着："收破烂，收冰箱彩电洗衣机，废旧铁皮壳子——"

路过她时，姜寿司还神色慌张地把喇叭塞进了衣服里。

应念间拉拉言硕的袖口，好奇地问："姜寿司改行了？"

灯光下，言硕看起来凶神恶煞，应念间忍不住再次拉了拉他。

"喂？你怎么了？"

言硕没回答她，只听见远处的宿舍楼下，姜寿司扯着嗓门凄厉地号道："开始！"

宿舍墙上出现了一条白色贪吃蛇，远处落着它的食物，行程简单，距离不远，每当它吞完一个食物，身体就会随之变长，井井有条的样子让人不禁怀疑是否有人在暗中操纵。

等到蛇身长到无法再出现食物的时候，整栋男生宿舍的灯突然全部闪了起来，眼花缭乱了几秒，弹出一个游戏结束语：I ♥ U。

"爱心"中间暗了一个格子，没等应念间指出，宿舍楼下又是一道撕心裂肺的号叫。

"403 给我开灯！"

应念间：“……”

够了，够永生难忘了，不会再想起其他画面了。

2

接受完一场“盛大告白”的应念间，直到回了宿舍，脸上的绯红都没褪去。

临走时她的电脑没关，修改完的封面还停留在屏幕上，她边朝脸颊扇风，边走过去把封面压缩发给编辑。

【编辑土拨鼠：辛苦了，反馈在国庆后给您，祝您国庆愉快。】

【YNJ：您也国庆愉快。】

回完消息，应念间点开朋友圈。

动态刷新完，第一条就是土拨鼠刚发的，秉着合作的关系，应念间给他点了个赞。

这场告白言硕在背地里设计了许久，从灯光到策划都是他一人安排，尽管实施过程中出了些瑕疵，但好在应念间喜欢。

他躺在床上哼着歌，心情不错，准备更新下万年没发过动态的朋友圈。

页面左上角的小风车转啊转，刷出了编辑土拨鼠的动态，下方一栏点赞上有一个他熟悉的备注：正经人家的姑娘。

他下意识地挑眉，以为是微信 BUG，又重新刷了几次，可这备注铁了心要做颗牛皮糖，大有赖在点赞栏上的节奏。

言硕慌了。

……

【言硕：截图 .jpg】

【言硕：你认识？】

【编辑土拨鼠：【给你画封面的画手，你也认识‘盒子’？】

何止认识……

言硕被这则消息雷得大脑宕机，眼神呆愣发痴般地盯着屏幕。

那条回复不断地冲击着他的接受能力，他听见他的世界观产生一丝裂痕，一片片玻璃碎掉的嘈杂声震耳欲聋，他的女朋友为什么会有这么多马甲？难道这次他要掉马了吗？

他足足缓了好一会儿，才回——

【言硕：她是我的女朋友。】

【编辑土拨鼠：那敢情好哇！以后你们俩可以私下商量封面，我终于不用容忍你的龟毛了！】

【言硕：……恐怕不行。】

换作别的作者也就算了，可他偏偏是她喜欢的边禾，上次也是为了边禾她才跟他去密室。

万一，万一应念间知道他是边禾，从此以后对他带有偶像滤镜……

那究竟她是喜欢他，还是喜欢边禾？

言硕斜睨着书桌上的几本实体书，做了个伟大的决定。

【言硕：她很厌恶边禾，为了我们的感情，你千万别告诉她我就

是边禾，请等我把边禾在她心里的形象再完善一遍。】

【编辑土拨鼠：……】

第二天是国庆节，应念间起了个大早，背着点换洗衣物回了家。

她是本地人，家跟学校就隔着两个区，路程一个半小时，到家时，正好赶上了早餐。

趁着回房放行李，应念间给言硕拨了通语音电话，对方一直是忙音。

兴许是没醒吧……

她想着，挂断电话又给程菀茗发了个通话。

9 点钟了，程菀茗开始练瑜伽，接到应念间的通话立马开启了话痨模式。

“你走了之后我真的好无聊，恨不得让我侄子把他的国庆作业邮过来！哎，你说我要不要去兼职代写小学生作业。”

“可以啊，挺好的……要是家长知道了过来找你麻烦，你还可以用太极跟他过两招。”

“我们练武之人为的是强身健体，不是跟人……唔，对哦！我还可以兼职小学生代打，代写代打两开花，你要不要一起？算了算了，你家言硕要是看见你受伤会心疼死的。”

“谁家言硕？”房门忽然被推开，应爸爸穿着围裙出现在房间门口。

“……”

餐桌上，一家三口一边坐着一个，空余那边立着一部手机，手机里还在进行着与程菀茗的通话。

“怎么认识的？”应爸爸问道。

“在外面玩的时候认识的。”应念间如实回答。

“就你们两个？”应爸爸又问。

“不……不是，还有她，菀茗也在。”

烟火大会那晚格外混乱，一时半会儿说不清，到时候要是再扯到他们同住一间房，估计整个国庆节假期，她都别想再出门了。

应念间将话题抛给程菀茗，后者立刻接住：“对，我们一起的。”

“那，那行吧。”应爸爸心里很不是滋味，满脸写着“我急了”。

“没事的话，我可以回房了吗？”

“念念啊，他是本校的，还是外校的？家住哪里，年纪多大，对你好不好，如果你跟他妈同时掉水里，他先救谁？”

应妈妈在桌底拧了下他的大腿，让他闭嘴。

“回房间吧，你爸更年期到了，比较焦虑。”

“……”

应念间顺了瓶牛奶，叼了片面包回到房间。

程菀茗边练瑜伽，边感叹：“你爸这反应……啧啧，我都想直接快进赶紧看言硕见家长时的场景了。”

应念间连个“再见”都没说，没好气地关掉手机。

一天天咸吃萝卜淡操心，自己的“恒哥哥”都没追到呢，还有心思关心别人。

她伸了伸懒腰，打开电脑。

“盒子”都好久没画图了，微博上的粉丝嗷嗷待哺，今天难得空闲，她决定画几张节日限定满足粉丝。

半天过去了，摸鱼完成，应念间把图层叠加之后保存到了本地硬盘。

她画的是边禾新书第三章单元文里，男主去参加酒会穿西装的样子。

根据描写，她只能大概知道男主是个寸头，眼底有颗小痣，身高一米八五的高智商男人，其余五官、身形由着圈内画手们任意发挥。

应念间眼中的男主是个眼神阴鸷，但内心温柔的人。

画一经上传，立马收到四面八方涌来的评论，有夸她画出男主另一面的，有夸她风格百变的，也有骂她毁了男主人设的。

好听的、难听的评论都有，应念间关掉评论点开大图欣赏。

渐渐地，画上的人物跟她脑海中的一个身影重叠，连西装上装饰的位置都完美契合到一起。

她画的时候没想过给男主设计什么款式的衣服，几乎是下意识地把言硕穿过的那套西装照搬了上去。

同样照搬的，还有言硕的脸。

“寸头言硕”眼底有颗泪痣，整个人桀骜不驯，哪怕穿着西装，也没有温文尔雅的气质，反而越发不羁，像个兽笼都关不住的野兽。

这种睥睨众生，一脸“你欠我十个亿”的臭脸言硕，让人恨不得把一堆人民币砸他脸上。

应念间关了图片，拿起手机看了眼言硕有没有给她回消息，临近中午，他也该醒了。

没等她点开微信，一个通话中途截住了她，屏幕上显示着“刘玥玥”的名字。

刘玥玥是她的小学同学，两人处了十来年，关系一直都还不错。

“你到家了吗？”

“早上才到。”

“小学的副班长成明，你还记得吗？他联系上我，说想办同学聚会，就在今天下午。”

“小学啊？”应念间有种不好的预感，“你想拉我一起去？”

“你就不好奇他们长成了什么样？”

刘玥玥没有正面回答，应念间却瞬间懂了，不留情面地拒绝她：“不好奇，我的好奇心也是很深的，再说了，到时见了面，名字跟脸都对不上了，多尴尬啊。”

毕业快十年，同学的名字都忘得一干二净，去参加聚会简直是自找没趣，光是想想要应付一群熟悉的陌生人，她就从头尴尬到脚尖。

“成明连二年级转学的同学都联系上了！你以为你能逃得过？还是去吧。”

“转校生也太惨了。”

“去吧去吧，去看看嘛，我想看看当年喜欢的男生现在长什么样，你就当陪我去，顺便去看看那个转校生，听说很帅。”

……

刘玥玥软磨硬泡了大半天，手机一直占线，言硕打不进去，只好给应念间发了几条文字消息。

他前一夜的告白被人传上论坛，由于太过空前绝后，小萝卜羡慕得不得了，跟姜寿司别别扭扭地吵了起来，闹着要分手。

两人戏剧化的感情转变，害得言硕陪着姜寿司喝了点酒，夜里胃疼醒来吃了次药，临到早上才浅浅睡去。

【正经人家的姑娘：中午喝点白粥。】

【言硕：……】

【言硕：姜寿司跟你说了？】

应念间原本只是考虑到他不爱吃早饭，又有胃病，好意关怀下罢了，这会儿挂了电话之后没头没尾地收到一条这样的消息，女生天生自带的第六感再次启动。

【应念间：嗯。】

那端的言硕捧着手机等她回复，消息传来，立马抽起枕头砸到还在睡觉的姜寿司身上，他颤巍巍地走到阳台上，给应念间去了通电话。

“你生气了？我只陪姜寿司喝了一点点酒，你别把我想得太脆弱，只疼了一会儿，你千万别听姜寿司的话，他盼着咱俩也吵一架呢。你还不知道吧，小萝卜昨天跟他吵架，闹分手呢。”

言硕刚睡醒，胃里空得难受，想到什么讲什么，怕应念间担心，又怕她生气。

“原来是这样。”

言硕蒙了：“你不知道？”

“唔，刚知道。”

“你学坏了。”

见应念间没有生气的意思，他有些放松地倚靠在阳台门上，尾音上扬，有些撩人。

“你没吃早饭，又有胃病，我建议你喝点白粥有错吗？”她把手机开免提放在桌上，从衣柜里挑了几件衣服。

听起来，昨晚姜寿司也醉得不轻，估计顾不上言硕的胃病，她有点儿放心不下，想去学校看看。

听着她那边传来窸窸窣窣的声音，言硕猜测道：“你要来？可我下午有事，推不掉，晚上见你行不行？嗯？”

应念间一顿，有种心思被戳破后的小尴尬：“你想多了，我下午也约了人！你跟姜寿司抱团取暖吧！”

“……”

听着像生气了，言硕挠挠头，不知道怎么哄，他学着姜寿司平时跟小萝卜打电话的口吻，柔声道：“约了谁啊，去哪儿？我尽量快点结束去找你。”

“别了吧，你来多不好，我们大概要玩到天黑……”

她觉得这种程度，不足以匹敌言硕的事情，于是又夸张地形容：“嗨到深夜的那种，成年人啊，夜生活跟男朋友总是要有一个的。”

“我不是你男朋友吗？”

“你是啊，可我朋友没有男朋友，那……那我得陪她吧。”应念间说得心虚。

言硕忍笑道：“行，你陪。”

又聊了几句，言硕挂断了电话，手机退回主页。

微博图标上的红点已经99+，他虽然不常发动态，但也不能阻挡读者的热情，他点开软件打算清理一下。

消息最多的除了评论点赞，就是@。

他在一溜的@中看见了应念间的另一个身份——“盒子”。

好奇心驱使他点了进去。

盒子@他的内容是一张同人图抄送，连文案都没有，只在图片上标了男主名字，以及一行小说内容。

言硕欣赏片刻，带有薄茧的指腹滑过唇峰，眉眼染上一层笑意，点了个回粉。

3

刘玥玥给应念间发了位置，地点在小学附近的一家KTV。

应念间推门进去，扫视了一圈，一个也不认识，也没看见刘玥玥。正当她怀疑自己是不是走错了包间，角落里混开了的刘玥玥朝她招招手，喊道：“应念间！这儿！”

房内的音乐正好停了，刘玥玥嗓门又大，众人纷纷看向了她。

“嗨。”

多年没见了，即使记忆力再好，名字也对不上脸，应念间目不斜视地走向刘玥玥，觉得这条路格外长，她笑得有些脸僵。

刚坐下，对面一个浑身潮牌、颜色配得花里胡哨，手里还拿着副骰子的男生开口了：“应念间，还记得我吗，当年我老跟你作对不交作业。”

应念间小学混了个副班长，跟她作对不交作业的人多了去了，她实在想不出眼前这个人是谁。

女生脸上挂着礼貌的微笑,男生懂了:“我,成明呀,一轮到你管班,就跟你对着干！哈哈算了，你玩不玩这个？”

“我不会。”

“没事儿，我教你。”

“成明，你凑什么热闹，快点催催那些没到的，去去去。”刘玥玥既然把应念间带来，身上就肩负了罩着应念间的任务，应念间偷偷给她竖了个大拇指。

“催了，刚又催了一遍，你瞧，瞧瞧。”成明把聊天记录亮给刘玥玥看，然后托腮望向门口方向，门再次被推开，“哟！来了一个！”

一个上身条纹衬衫叠穿黑色打底衣的男生站在门口，配了条七分牛仔裤，显得他腿长出天际，随时可以拉上T台走秀。

男生在场内扫视了一圈，自觉地朝沙发一角走去。

应念间隐隐感觉身边女生有些按捺不住，沸腾了起来。

“介绍下，这是言硕，二年级转走的，我还是前段时间翻同学录才找到了他的 QQ。”成明一副东道主的做派。

沙发上一排陌生面孔，唯一一个熟悉的在此刻就像是被众星捧月送到他眼前一般。

言硕瞳孔微震，直勾勾地盯着应念间毫不掩饰，成明撞了他一下，他才反应过来，目光迟钝半拍，像是刚从梦境里摸索出来。

“兄弟，太直白了吧……”

反应过来的两人，几乎是异口同声——

“你怎么在这儿？”

“你怎么在这儿？”

众人：“？”

“我来参加同学聚会。”

“我来参加同学聚会。”

众人：“？？”

“你跟我一个班？”

“你跟我一个班？”

众人：“？？？”

言硕掐了下应念间的脸，眼底藏着淡淡的笑意：“约的别人，有点儿多啊。”

沙发上一排人陷入沉默，成明在两人之间挥了挥，打掉言硕的手，而后众人扭转视线投向了他。

明眼人都看得出应念间跟言硕的关系不一般，成明横插一手又是为何？

“我女朋友。”言硕解释道。

“……”

“你们俩现在还是大学同学？其间没有联系过吗？妈呀，电视剧都不敢演的缘分啊！”

不仅是刘玥玥一个人感叹，就连刚知道的应念间跟言硕本人也在心里感叹。

“没错，还是大学同学。”

“兜兜转转还是你系列。”

“我好酸。”

“我也是……”

眼见着话题全部围绕着言硕他们，两人有点儿不自然，成明及时出来打断了他们的话题。

“你们谁还记得当初的同桌是谁？”

刘玥玥第一个说：“我小学六年同桌只有学习委员，天知道我那六年怎么熬过来的……”

“学习委员还不爽啊，天天抄他作业！”

“言硕你呢？没转学前的同桌是谁？”有人又将话题扯向言硕。

“记不清了。”

时间太过久远，许多事早已模糊不清，碎片凌乱地拼凑成一段回忆，回放着一个在他脑海中留存了十多年的噩梦。

他走在前面，身后跟着一个鬼鬼祟祟的女生，那女生来头不小，当年在班上还担任了什么职务，但是出于什么原因跟踪他，他已经忘了。

他只记得，女生后来生气地朝他扑来，扒掉了他的裤子。

……

再然后，有了羞耻心的他闹着不肯上学，转学去了外地。

一直到高考前，他为了正视自己的心理阴影，不顾所有人反对，毅然决然地又回来选择了西河市的宜江大学。

“一点儿印象都没有？你可别因为应念间在这儿，不敢说啊。”成明调侃他。

“真的没印象了，好像名字里某个字是禾木旁，读音是rěn。”

聚会是成明办的，全班人现在就他最熟。所有人的目光都转向了他，他故作沉思：“班上没人的名字是禾木旁啊，偏旁禾？是谁呢？我想想……”

“禾木旁很少见，你是记错了吗？”

“可能吧。”

言硕挂着和煦的微笑。

他怎么可能记错，他的笔名都是根据那人名字的偏旁取的，不过既然找不到，那便找不到吧，反正他的心理阴影也早没了。

“是应念间哪。”刘玥玥反应过来，指指应念间，“她原来的名字里就有禾木旁，后来说是找大师算命，被改了。”

众人纷纷将视线投向应念间，眼中是藏不住的酸意。

男朋友不仅是自己的小学同学，而且还可能是当年同桌，这个爱情故事未免太过花里胡哨了些！

应念间蹙起眉头，已然忘了曾经改过名的事。

当初她被一只野猫吓破了胆，全家人围着她喊她的名字，也是那天，全家人达成了统一的想法：这娃的名字太拗口了。

之后改名时，她奶奶还特地找了位大师给她算，大师原先建议她别改，拗不过全家人的软磨硬泡，最终把她名字里的两个偏旁摘了。

奇怪的是，改完名，她就开始衰了。

哦……原来她不是天生衰运。

“我三年级前叫应稔涧，”应念间看向言硕，“可我对你一点儿印象都没有。”

应稔涧，Y ī ng R ě n Ji ǎ n。

言硕自认不会再被应念间的各种身份震住，却还是没敌过这重身份带来的冲击感。

砰——

言硕脑袋里炸响了一个闷雷，震得天灵盖嗡嗡响。

仗着喜欢

Chapter 06

我在楼下，
下来蹭蹭我的好运吧

NIJIUZHANGZHEWOXIHUAN

1

聚会散场，几个关系重新热络起来的同学闹着要换场子继续聚，应念间跟言硕很有默契地拒绝了。

一路上，言硕比平时话少，看起来心情不佳。

应念间主动挽起他的胳膊：“晚饭想吃什么？”

言硕嘴角强扯出一个弧度：“没什么胃口。”

自从知道应念间就是小时候扒他裤子、害他丢脸、令他转学的罪魁祸首后，以前的点滴逐渐变得清明，记忆中的身影不再是朦胧影像，他想起了上课时他也曾偷看过漫画书，想起了每个午后的外出，想起了她带给他最深痛的记忆点。

记得烟火大会的那个晚上，她说边禾写的感情戏狗血，但事实上，他笔下的狗血感情戏远不及他们之间的万分之一……

但言硕没说，他选择一个人消化。

“不吃怎么行，要不，吃点小吃？前面是个夜市，反正时间还早，我们去逛逛？”

“好。”

傍晚的夜市挂起了彩灯，明黄的灯光照着一条条深巷，路灯下，丝丝烟火飘向漆黑的夜空，被高楼大厦撑起的城市，竟窥见了些市井生活气。

考虑到言硕前一天晚上喝酒伤了胃，两人选了一家小面馆。

落座后，面馆门口来了辆卖关东煮的小推车，老板的吆喝声，声声入耳，勾得应念间时不时往门口看去。

“我再去买点关东煮！”

“等下，”言硕拉住她，把手机交给她，“支付密码 965965，微信支付宝都能刷。”

“你干什么？”

“想把密码告诉你，你有意见？”言硕挑眉，说得理直气壮。

“没。”

应念间的眼睛弯成了月牙，笑着跨出了大门。

买完关东煮，正准备结账，旁边突然凑上来一个陌生少年，少年还是高中生模样，校服松松垮垮地挂在身上。

他见应念间要走，痞里痞气地拦住她。

……

言硕远远望着，见状打算过去宣示主权，应念间却已经解决好端着一杯关东煮回来了。

她坐下后，挑了根北海翅，吃得极香，似乎把上一秒才发生过的事情忘到了九霄云外。

“那小男孩找你要微信？”言硕眉头拧在一起，目光深邃。

“嗯，给他了。”

应念间戳了一个丸子塞进他嘴里，试图缓和他的醋意，言硕没拒绝投喂，舌头把丸子拨到一边，继续碎碎念。

“参加同学会被老同学盯上，买个关东煮被小男生盯上，我们念念可真招人喜欢。”

“成明吗？有吗？哦对了，我是用你手机支付的，他死活要扫你的手机，拦都拦不住，我只好让他加你了。”

原本她拒绝时说了有对象，可没想到这少年竟然三观不正，建议她分手！

听听，听听这是人话吗！

应念间吞下食物后，又戳了一个丸子塞进言硕的嘴里，言硕的脸颊变得鼓鼓的，像只仓鼠。

言硕咀嚼着口中的食物，双手越过桌面揉搓着她的脸颊：“我的女孩招再多人喜欢，那也是我一个人的。”

她的嘴巴被揉着噘起，言硕刚想起身亲下去，没有眼力见的店老板端着两碗面拨开了他。

“让一让嘞，两碗云吞齐了！”

“……”

吃到一半，应念间忽然茅塞顿开，抬头望向了一直黑着脸的言硕。她犹豫地问：“你刚是不是想亲我？”

“……”言硕脸红了。

闹市区人声鼎沸，熙熙攘攘，人潮比来时多了不少。

应念间担心走散，继续挽着言硕的胳膊，手中还握着一串刚买的草莓冰糖葫芦。

“公交车要转车，地铁口比较远，你乘哪个？”

“先送你回家。”

“宜江宿舍门禁十点半，你来不及，你先去坐地铁吧。我家就在地铁口附近，正好消消食。”

“消食？”言硕望了眼她手中的草莓冰糖葫芦，满脸写着：你在逗我？

应念间不顾他的眼神，咬了一口草莓，含混不清地转移话题：“你二年级为什么转学？”

为什么转学？

因为被你当众扒了裤子啊！因为一个七岁小孩也是有羞耻心的啊！

这些事，她忘了，他也不想重提，哪怕时过境迁，造成的心理阴影拔云见日，心里依旧忸怩得很。

言硕沉默了，温凉的唇瓣抿得平直，吝啬地说出四个字：“同学矛盾。”

“你是被同学欺负走的？”

“算是吧。”

近两年校园霸凌事件受到外界的广泛关注，应念间自然而然地联想到言硕曾经也是校园霸凌中的受害者之一。

话题陡然间有些沉重，气氛一下子凝固成干冰，西河市的空气湿润，遇了水分子后正悄悄燃着。

应念间感觉扑面而来的秋风里夹杂着湿冷，吹得脸颊发麻。

她抓紧了他的胳膊，心里抽疼，为他感到难过。

“疼不疼？”

“是心理上的欺负。”

那时，心理上受到屈辱感远远大于身体，他回家后才发现自己腰上被她的指甲划出了一道印子，那道疤痕至今还留在他的后腰处。

他垂眸观察她的神情。

他在想，假如某天她想起来二年级扒过他裤子会是什么情景？

依着应念间的性格应该会狠狠痛骂自己一顿，然后变着法儿地补偿他吧……

想起她之前的那些“讨好”，言硕后怕地摇了摇脑袋，算了算了，还是祈祷她一辈子别想起来的好。

应念间愤愤地说：“以后要是有机会碰到那个人，一定要教训回去，给他点儿厉害瞧瞧！假如你当时没挺过去，抑郁了，等同于下半生都废了，想想就后怕！”

“也……还好，不用了吧？”欺负她，他还真下不了手。

“你不能对伤害过你的人大发慈悲，放在宫斗剧里，他们不仅不会感恩，反而还会变着法来害你！”

确实……

言硕此前经历了她一系列的“折磨”，深有感触。

但念在她不知情的分上，言硕最后又替她挣扎了一下。

“真不用了吧，我欺负回去的话，她要是哭了怎么办？”

义愤填膺的应念间蒙了：“他少说也该有二十多岁了，不至于哭吧。”

“万一呢？”

“那就跟他拜把子。”

“？”

“不打不相识啊。”

两人聊着天不知不觉走到了地铁口，腻歪完了，还是要分开。

“到家记得发消息。”

“你也是，快走吧，不然等会儿下地铁没校公交车了。”

言硕一步三回头，似是对她有些不放心。

应念间没走，站在原地看着他，他每次回头，都能看见她在冲他微笑。

当他抬脚准备迈上第一层台阶时，应念间像是想起了什么，一个箭步冲上去，胳膊钩着言硕的脖子，把他往旁边的黑影里带。

言硕没想到她会冲上来拦着，踉跄了几步后，心甘情愿地被她钩着脖子，有些好笑地弯着腰配合她。

“害怕啊？”言硕扭头望向她。

两人身高原本差了一个头，此刻他被她钩着，正好平齐。

应念间腾出一只手捏着他的嘴巴，像他在面馆捏她一样，她闭上了眼睛，贴上了那张等待接吻的薄唇。

言硕没来得及闭眼，眼睁睁看着她靠近，随之感受到一片夹杂着草莓味的柔软。

心脏瞬间像是被光滑的羽毛挠了两下，酥酥痒痒，激得他浑身战栗。

浅尝辄止，她想要离开，言硕一手揽住她的身体，一手摁着她的后脑勺往回带，重新贴上后，男生反客为主，一路攻占，辗转加深了这个送上门来的吻。

吻完，他用带有薄茧的指腹温柔地擦拭掉她嘴角的水渍。

“还以为亲不到了，失望一路。”

“……”

应念间到家把微信挂上电脑，给言硕发完消息，刚准备画点同人图，一则语音通话打断了她的计划。

她滑下接听键，一阵呜咽的哭泣声顺着电流传了过来。

“呜呜呜……高恒不来了！公司搞团建，喊他回去参加，他乖乖把车票退了，一点儿都没考虑到我的感受，还好没告白，他肯定不喜欢我！”

听见程菀茗的哭声，应念间也难过起来，不解地问：“利用假期搞团建，什么公司这么抠门儿啊？”

“其实也不能怪他们公司，我有没有跟你说过他是编辑啊……”程菀茗哭得上气不接下气，也不忘为高恒解释。

“编辑啊？确实不容易。”应念间感慨道。

小长假前一晚，她朋友圈里编辑们的动态占了一半，发完“国庆不上线”的通知后，生怕没说明白，又追发一条补充说明，还提前安排好了各种大小事情。

虽然不知道高恒属于什么类型的编辑，想必公司平时也不得清闲，碰上国庆节顺势占了去搞团建也情有可原。

“是不容易，我也不是无理取闹的人，但好歹分我两三天吧！七天啊！整整七天！我深更半夜爬起来减肥，还制订了告白计划，呜呜呜呜……”

“后面还有……还有元旦！不哭不哭。”

“好不容易想到一个能跟言硕脑洞匹敌的计划，苍天它无情哪，不给我机会啊！”程菀茗又狠狠抽泣了几下。

“言硕那个……”

应念间抽了抽嘴角，后来听言硕说，完美版的计划应该是有人在宿舍观察他们动向，而后打电话通知姜寿司，姜寿司在楼下指挥。

结果当时关了灯，宿舍里的人找不到手机，灵机一动学狼嚎，幸而姜寿司靠谱懂了意思，但没想到结果栽在了喇叭上……事后除了言硕，所有人都围着喇叭感叹门口收废品的大爷真带劲儿。

程菀茗追问：“言硕那个不好吗？”

“你想的肯定比他好，元旦我们都配合你，好不好？”应念间正在安慰她，恰好此时收到了言硕发来的消息，说他到宿舍了。

应念间敲着键盘回复他，耳边是程菀茗哭哭啼啼的声音。

“甜甜的爱情到底什么时候才能轮到我啊？”

“本大仙掐指一算，今年肯定有，真的！”怕程菀茗不信，应念间继续说，“言硕有几个哥们儿挺好的，要是你追不到高恒的话，我帮你跟他们牵线，保证把甜甜的爱情给你安排上。”

“哎，真的吗？行吧，反正高恒来不了了，哭也没用。”程菀茗自我开导，想通后郁闷的心情散了大半，“对了对了，你画的同人图被边禾点赞了。”

“啊？”

“天哪！你还不知道啊！他都关注你了！”

边禾的微博关注原先是个位数，关注“盒子”后变成了两位数，如此显而易见的变化，让无聊的铁粉读者趋之若鹜，顺着关注摸到了“盒子”。

托边禾的福，“盒子”这个号在一天内涨了不少粉丝。

而那条被好多网友评论“男主人设画崩”的动态底下，此刻也是一水儿的好评，夸得天花乱坠。

应念间顾不得其他，她控制着鼠标，翻看评论，一条格格不入的评论跳进了她的视线——

【‘盒子’的风格跟 Finar 好像，人物比例九头身，像设计师打的模特稿图。】

评论的楼层里叠了十来条回复，无聊的人在做各种猜测，有问 Finar 是谁的，有把两人风格做对比的。

Finar 的风格偏欧式，整体看上去高端大气，而“盒子”是接地气的风格，加之画的同人图比较多，之前很少有人会把两个账号联系起来。

应念间也没想到有人能发现两个账号的相同之处，观察得倒还挺细微。

通话没挂断，她对着手机好奇地问：“你看出两个账号哪里一样吗？”

“说实话，本来是看不出的，但经你这么一说，我感觉人物腿部的线条、比例，有些相似。”程菀茗哭累了，此刻正在吃东西补充体力，“比如你今天画的那张同人图，我好像就在哪里见过，但想不起来了。”

应念间赶紧掩饰：“想不起来就别想了，有个网友评论‘盒子’跟 Finar 的风格相似，你说我要不要回复他啊？别再闹出什么乌龙事件。”

“当然要回！网络暴力很可怕的，不仅被骂抄袭，说不定还会人肉你呢！你赶紧承认吧。”

应念间想想也对，反正她开小号也只是为了画同人图，承认也没关系。

她给那位网友回了个“你很有眼力”的表情包，变相承认了是同一个人，后来觉得有点儿隐晦，直接用大号 @ 了小号，发了条公开的动态。

大号上的粉丝见文案中只有一个 @，一脸蒙地点进了“盒子”的主页，翻了两张图便认出“盒子”是 Finar 的小号。

真爱粉们疯狂刷着“盒子”的动态，仿佛进入了世外桃源，对着没见过的图片一一吹起彩虹屁。

“盒子”当晚的阅读量激增了十万，数据达到了前所未有的高峰值。

【我的宝藏画师跟我的产粮太太竟然是同一个人？次元壁破了！】

【那个，请问 F 是谁啊？“盒子”抄袭她被挂了吗？】

【让让，我来给萌新解释，只是国际金画笔奖三连冠画师 Finar 自曝小号马甲罢了，问题不大，不要慌，两个号都粉起来。】

应念间在微博上的马甲号，一夜之间掉了个光。

转眼七天假期过去，小号上的粉丝屡屡突增，动态里刷起了让“盒子”开直播教画画的评论，应念间顺手回了个可以。

2

节假日复工第一天，编辑土拨鼠给了应念间新的反馈，说是边禾觉得颜色过于花哨，视觉感太差。

封面设计灵感源自万花筒，因此赤橙红绿青蓝紫都用了个遍，边禾对颜色有意见，也在她的意料之中。

当天，应念间无情地拒绝了言硕的邀约，下了课就直奔宿舍改封面。

程菀茗回来，一只手背在身后，似乎是藏着什么，她拉了把椅子神神秘秘地坐到应念间身旁。

“你猜我在楼下遇到谁了？”

应念间的好奇心被勾起，注意力被程菀茗分去一半。

“体育老师？宿管阿姨？”

“再猜！”

“高恒？他偷偷来给你送惊喜？”应念间这才发现程菀茗的手背在了身后。

程菀茗把背在身后的手伸出来，手中握着一个笔袋，看上去似乎精心包装过一番：“我遇到陶花了！她让我把这个带给你。”

听见陶花的名字，应念间下意识蹙眉，她对陶花的好感确实不多。

之所以能够接受“觊觎言硕的女生”的道歉，多半是看在“笑春风”是她多年老粉的分上。

上次的乌龙事件她没再追究，陶花歇停几天这又是演的哪出？

应念间打量着笔袋。

笔袋拦腰处用一根两厘米宽的红丝绸打了个漂亮的蝴蝶结，丝绸的料子很高级，摸到手上绒绒的，尾端烙印着一行金色的英文 Finar，整体尽显古欧洲贵族风格，也注定礼物价格不菲。

应念间迟疑了……

“她不会是想甩我一脸钞票让我离开言硕吧？”

“啊？哈哈哈，我期待的虐恋终于要来了吗？快打开看看言硕值多少钱！”

“……”

一码归一码，应念间也很好奇里面究竟是什么，她解开丝带，笔袋没了束缚，顺势摊开。

里面放置了一套整齐的檀木画笔，笔身泛着幽幽的檀木香气，闻着神怡心静，每支画笔顶端还雕刻着序列号，号码下方是一行镀金花体英文 Finar。

这牌子是业内顶级，由于某些型号冷门，售得并不好，市面上凑齐一整套需得耗些时间，一系列定制流程下来，看得出陶花花了时间，也花了心思。

“震惊我全家！言硕真值钱！”

程菀茗搓了搓手臂，觉得甚是诡异：“看样子是很久前就做好的。”

应念间一怔，下意识抿着嘴，她重新卷好笔袋，用红丝绸系了个结。

“我过会儿把封面画完，去趟南校区。”

“身上现金不够的话，我这儿还有，一定要狠狠甩回去，记得放狠话！”

“……”

倒也不必这么戏剧化。

她是去问陶花送礼的理由，又不是去宣示主权，明眼人都能看出这份礼物是为她，而不是为了言硕。

程菀茗敲着键盘，反应过来，问了一句：“边禾的封面你上次不是改过了吗？”

“又提要求了，编辑说边禾不喜欢花里胡哨的。”

应念间擦掉几个颜色，在剩下的颜色中挑了一个图层，涂色时隐隐有些心慌，此刻的感觉有些似曾相识。

“你确定不是又开始倒霉了？是不是边禾有意为难你啊？”程菀

茗一语中的。

“为难我对他有什么好处？封面定不下来，耽误的是他自己的流程。”应念间说归说，手上没停着。

程菀茗想了下，似乎觉得有些道理，翻了个身继续玩手机。

秋季的枫叶开得最是浓艳，远远望去像是燃了一片大火。

言硕穿了件白色衬衫，黑色大衣搭在手腕处，他低着头玩手机，不断把屏幕上的图片放大、缩小，浑然不知自己被这枫叶衬得多么清隽。

看完，他在输入栏敲了一行“挺好的”预备发出，转念想起同学聚会那晚应念间说的话。

他原地停下，旁若无人地摸着下巴思考。

嗯……要不象征性报复一下？

他舔着嘴角删除了文字，重新点开图片，随意圈了一处发给对方。

“言硕！”应念间在公交车上远远瞧见了言硕的背影，还没下车便迫不及待地越过车窗喊了他一声。

身后响起一道熟悉的声音，言硕回完编辑消息，心虚地收起手机。

“来找我？可我下午有课。”

言硕站在站牌下等她，车门一开，应念间跳进了他怀里。

“我来找陶花。”应念间扬了扬手中的笔袋，“她托人给我送了礼物，有点儿贵重，不想收。”

主要是陶花费了些心思，她总觉得收下了，会欠陶花什么似的，她不喜欢欠别人的，尤其对方还是陶花。

言硕“嗯”了一声，说：“如果我没推理错的话，她现在已经不在学校了，你来迟了一步。”

“你看见她出校门了？”

“不是，姜寿司说论坛上有人爆料陶花是你们院院长的私生女，所以她办了休学手续。”

“啊？”应念间有点儿怀疑自己的耳朵，“宜江大学好歹也是名校，学生的素质不会这么差吧？背地里发些小八卦就算了，这种真是有些过分！”

“确实。”言硕牵着她，与她并肩走着，“那你来都来了，陪我去上课吧。”

大三后课程明显比前两年少了一些，应念间也是赶了个巧，第一次陪言硕上课，就是专业课。

假如说设计系的专业课是天马行空、发散思维，那么小语种系的专业课则是将你拉回地球，并且还压了一座泰山在你身上。

应念间看着黑板上蝌蚪般的文字，放弃地趴在了桌上。

“言硕——”

教室宽敞，人数极少，应念间不敢大声喊他，声音细如柔丝。

言硕闻声，伸手遮住了她的眼睛：“睡觉，下课送你回去。”

“学霸亲自教我上课如何开小差？”

“不行吗？”

“我可不敢在老师眼皮子底下睡觉，你帮我想点儿别的打发时间的事。”

言硕递了支签字笔给她，指指书本：“画画，老师离得远看不清，说不定以为你在认真记笔记。”

这确实是个打发时间的好办法！

应念间接过笔，开始在书上涂涂画画，不一会儿，书上空白处被她画满了Q版言硕，笑着的、吃饭的、走路的……知道她无聊，言硕没阻止，偶尔还会托着脸给她提点建议。

她画完了一个新的形象，双手捂着，将书本挪到了言硕面前打开。

“这也是你。”

“……”

一个穿了玛丽莲·梦露衣服的Q版言硕赤裸裸地暴露在他眼前，言硕额角的青筋剧烈跳动了两下，他摩挲着下巴，对她的画进行点评。

“裙子可以飞得再高一点儿，姿势要再、再下蹲一点儿，才是言硕版的玛丽莲·梦露。”他说得脸不红心不跳，心理素质极高，仿佛是在看别人的女装。

“牛！”应念间对着他竖了个大拇指，继续画下一个形象。

言硕余光看着她埋头认真的样子，忍不住勾起了嘴角，一抬头对上了阿拉伯语老师意味深长的笑容。

讲台上的老师用教棍敲了敲墨绿色的黑板，在一串阿拉伯语上画了个圈：“言硕……身边的女生，起来翻译一下。”

"……"

应念间丢下画了一半的 Q 版人物，茫然地站了起来。

黑板上一串蝌蚪一样的字体，无论是拆开还是组合，她都看不懂，甚至看久了之后，还感觉那串字体动了起来，不断地变化组排阵容，令人眼花缭乱。

栽了，不该被言硕诓来陪他上课。

言硕手放在嘴边，用口型说："做一件力所能及的事。"

"做一件，力……力所能及的事。"应念间磕磕绊绊地把答案复述出来。

"答对了，你坐言硕身边，是陪他来上课的？"

"嗯，对。"应念间抠着桌面，像是等待审问的犯人。

"听得懂吗？"

"听不懂。"

"哈哈哈哈哈——"女孩的诚实惹得老师捧腹大笑，"以后常来，不难学，不懂的让言硕教你。"

"好的……"

坐下后，应念间再也不敢开小差了，整整一节课，她都双手抱臂放在桌上，像个刚升小学的学生，听得比言硕都认真。

可事实上，她还是一句也没听懂。

课后。

言硕想要送应念间回去，被她拒绝了，短暂的课间时间根本不够他来回，但应念间拗不过言硕的坚持，只好让他送到教学楼下。

两人在楼梯拐角处跟刚下课的姜寿司撞了个正着，应念间脚下一滑，幸好言硕手快接住了她。

姜寿司匆匆道歉，急急忙忙地溜了，恐怕连自己撞到的是谁都没看清。

“有没有崴伤？”

“没有，姜寿司急着去哪儿啊？”

“他最近在忙着重新追求小萝卜。”言硕牵着她，目光落在她的脚上，见她走路正常，才放了心，“我差点儿忘了，他明晚组织了场球赛，策划给小萝卜告白，你要不要来看？”

应念间困惑地问：“篮球跟告白也能联系到一起？”

“好奇吗？我明天来接你。”

“好啊！”应念间开心之余没忘记尚未处理的笔袋，“对了，你有陶花的微信吗？我还是要把这个还给她。”

“没有，不想收就不收，等她回来我再告诉你。”

“你们之前一起排练，不用加好友吗？”

言硕一脸疑惑：“有必要吗？不是有排练时间表？”

“……”

应念间忽然想起当初加他时把性别改成了男的，现在看来，她这个做法是明智的！

天底下大概找不出比言硕还不开窍的人了，难怪长了张校草脸，却没开过一朵桃花……原来全被他关在了门外。

“叮咚——”手机收到一条消息，打断了二人对话。

应念间滑开锁屏，是土拨鼠给她的封面反馈。

封面上被圈了一处，附带了一条文字解释：

【边禾觉得颜色太丑。】

应念间强忍住没在言硕面前爆粗口，脸色沉得可怕。

“收到鬼图了？”

“比鬼图还恐怖，”应念间把屏幕给他看，顺手往上翻了翻记录，“一个月前画好的封面改到了现在，我真是……”

言硕心虚，舔了下嘴唇，望向了她身后的站牌，附和道：“好恐怖。”

“你不问问是谁的封面吗？”

“谁的？”言硕揣着明白装糊涂。

“你喜欢的边禾大大！看清他的真实面目了吧，真是个磨人的老乌龟！还是最丑的那只！”

“嗯……”

应念间算是跟边禾的封面死磕上了，改完边禾不喜欢的颜色，她第 N 次把封面文件压缩发给了编辑。

如果微信也有亲密值显示的话，估计她和土拨鼠快要擦出大火苗了。

……

然而在交完封面的第二天下午，编辑新的反馈就来了，理由是边禾不喜欢男主的发色，让她把头发颜色再换得张狂些。

应念间原本已经关了电脑准备去南校区看篮球比赛，又硬生生被编辑的一句话摁回了椅子上，她认命地打开电脑。

言硕发信息来约她去球场时，她才把男主原先的棕色头发擦掉。

【言硕：我马上到你宿舍楼下，你带点儿零食，不然会饿。】

【应念间：我可能去不了了。】

【言硕：啊？腿瘸了？】

应念间：“……”

明明有无数种可能，为什么言硕这个大直男非要选择一个最窒息的可能来反问她？

应念间心里淤积的一口气没上得来，头晕目眩。

言硕被拒绝后，没有放弃，反而拨了通电话给她。

“你真不去啊？”

他那边有些嘈杂，公交车上的引擎声嗡嗡，言硕听不清她在说什么，索性提前下了车，慢慢往她宿舍走去。

“封面又要改。”

“急吗？”

“不急，但是边禾已经完稿了，那种大作者的出版流程耽误不得，而且他一直不满意，我更不敢放松了，就……”她的嗓音忽然变得有些哽咽，很是委屈，“我很喜欢这本书，我跟你说过的。为了给它设计出最与众不同的封面，我想了好久，改到最后都已经忘了最初的设计理念，不过稿我真的没心思去玩。”

言硕喉咙干涩，胸口闷闷地疼着，像是被一把钝器猛烈地砸着心脏，顷刻间万般情绪涌上鼻尖，一阵酸麻。

客观而言，应念间的设计别出心裁，让他无法挑剔，纵然……纵然一直在盲目地挑刺，他也没敢提及设计，生怕她变动了某处线条。

可不曾想，这单封面改了几处颜色，会让她这么难过，她如此珍惜他的封面，而他却在一遍遍践踏着她的心意。

不过是仗着她喜欢。

应念间凝视着屏幕，眉头紧锁，言硕一言不发，该不会是生气了吧？

她轻轻喊了声：“言硕？”

“我在楼下。”

“啊？我……”

“下来蹭蹭我的好运吧。”

3

应念间匆忙下楼，远远看见路灯下站着一个人，傍晚的夕阳落在他身上，映得他周身一片暖意。

他看见她，冲她挥了挥手。

应念间气喘吁吁地跑过去，猛地扑进他怀里，大口大口贪婪地嗅着他身上的橙花味。

言硕双手环住她，抱着她轻轻摇晃，低沉沉的嗓音在她耳畔响起：“他挫了你的信心？”

“嗯。”

“他真是个浑蛋。”

应念间感觉颈肩痒痒的，想推开他，却发现他抱得非常紧，她瓮声道：“你不是喜欢他吗？”

言硕蹙眉：“何以见得？”

“你经常跟我讨论他的小说情节，上次为了去他策划的密室还提前出院了。”

“……”

上次出院其实是为了陪她去玩密室，但言硕说不出口，觉得大男生解释出来有点儿矫情，况且，她还不是一听是边禾写的剧本，就立马改变主意了嘛。

“瞎说，我只喜欢你。”

闻言，应念间眉眼弯弯，浸着丝丝甜意：“不去打球了吗？”

“不去了，让我的女孩多蹭蹭好运。”

“可是我好想知道姜寿司的策划。”

“嗯——”言硕拉长了语调，“其实他就是想在球场点上爱心蜡烛，然后捧着篮球跟小萝卜告白。”

“……”

光是想想那画面，应念间已经尴尬得头皮发麻了。

蹭完言硕好运的第二天，封面终于敲定了。

最终稿的颜色与之前的版本相比，略差一筹，应念间发完便觉得不够满意，以为会被边禾打回来重修。但边禾竟然喜欢，他不仅把封面原图发了微博，还 @ 了她的小号，洋洋洒洒夸了百十来字。

写悬疑小说的作者，想法真是让人捉摸不透……

悬疑界大神级作者跟金画笔奖知名画师的强强合作，又让圈内读者粉丝小小地酸了一次。

催着应念间直播教学的粉丝又翻了几倍。

不知不觉到了10月底，西河市的晚秋，早晚上雾，空气中湿漉漉的，弥漫着拨不开的浓重。

而被催了许久的直播，终于姗姗来迟。

应念间是用“盒子”账号开的直播，这个账号的粉丝活跃度比 Finar 强，各项数据也比 Finar 高，所以她的重心也逐渐转向了“盒子”。

开播后自动分享了一条链接到微博，号上的粉丝争先恐后地点进链接。

直播间的人数不断上涨，应念间清了清嗓子：“大家好，我是‘盒子’。”

【啊啊啊啊啊啊啊啊又柔又甜！】

【好甜啊啊啊啊啊露脸露脸！】

【盒盒接单过程有没有碰到很难搞的甲方啊？】

【我想学漫画分镜！！！】

应念间眼前不断划过“啊啊啊”，终于抓住了几条正经弹幕，她一次性都回复了。

“碰到过，前两天刚碰到一次。漫画分镜我会一点儿，不过平时只是画着玩，不专业，建议多看看漫画家们的作品，会学到很多东西，要不今天摸鱼给大家画漫画吧。”

【F姐也会被为难啊，心理平衡了。】

【为难盒盒的甲方审美怕是有些问题哦，该去挂个眼科。】

……

言硕的账号特别关注了“盒子”，收到她开直播的动态马不停蹄地赶来，结果一进直播间，就看见有人建议“甲方”去挂个眼科。

他眼皮子突突跳了几下，在打赏那栏找到了火箭，连着发了两艘，屏幕上立刻两行火箭飞过，燃着满屏烟花。

直播画面中，应念间的手停顿，她凑近镜头，想看看是哪位土豪粉丝给她的打赏，一看是边禾，她愣了几秒：“谢谢火箭。”

【啊啊啊啊啊啊啊！边禾！边禾！边禾！】

【啊×100，“双He”锁了！】

【拜托，他们是合作关系，别乱点鸳鸯谱好吧？】

【抱走我盒，麻烦你禾独自美丽。】

应念间有些尴尬，咳了两声，转移话题：“之前有网友在评论里问过我用的画板牌子。”

说着，她将画板举到了镜头前。

“目前我用的是Wacom，它跟‘绘王’两个牌子我都挺喜欢，画笔新换了Apple pencil二代。”

展示完了她又继续画。

漫画相较于设计而言，轻松一些，应念间画得开心，很快就把分镜线条画完，隐隐看得出轮廓。

剧情内容是从她接到边禾封面起的一些日常，但由于边禾也在，她没敢画得太明显。

原先跟编辑的对话，她刻意改动过，把甲方的语气设定成咄咄逼人，但由于她可爱的画风，让甲方看起来虽凶但萌。

她画得投入，顾不上互动，第一个分镜画完，还没擦掉多余的线条。

手机里发出两声奇怪的“嘟噜”，屏幕上再次发射出两艘火箭，炸得满屏烟花。

应念间再次凑近了手机，发现是“笑春风”打赏的。

陶花的“笑春风”是 Finar 大粉，几乎每条动态下都有她的身影。应念间的两个马甲陆续掉了之后，Finar 上的粉丝们奔走相告，故而陶花也知道了这事。

应念间劝道：“谢谢，大家看看就好，不用打赏，我不是专业主播。”

原本言硕财大气粗发了两艘火箭坐稳榜首，结果被陶花后来者居上挤了下去，他本以为是某个眼馋应念间的花痴粉，反手又刷了一艘冲上榜首。

伴随着一声“嘟噜”，分镜上杂乱无章的线条恰好被擦完，应念间看向了燃着烟花的屏幕，满头黑线。

“谁能告诉我打赏通道在哪里关？我真的不需要打赏。”

她的意见在两个争红了眼的人看来，微不足道。

满屏的烟花火箭，挡住了应念间的直播画面，连同她这个人都快成透明的了。

言硕跟陶花你一艘，我一艘，刷得不亦乐乎，为了争夺直播间榜首的荣誉不惜代价，仿佛人民币都是从印刷厂批发的……

在粉丝眼中，身为大粉的“笑春风”争排名是在宣示主权；为的就是给 Finar 撑门面。

但……

【我的天！谁能解释一下边禾跟“盒子”是什么情况吗？“双HE”真的能锁吗？】

【锁它！锁它！锁它！OMG！】

【说乱点鸳鸯谱的出来，正主亲自下场打脸开不开心啊？】

弹幕飞速滑动，围观人数很快达到了百万。

屏幕前的烟花就没停过，应念间捣鼓了半天，突然……直播间黑屏了。

言硕在黑屏前一秒，刷了一艘火箭，坐稳了榜首，气得陶花牙痒痒。

百万围观群众不知道为什么黑屏，应念间也不知道。

她在直播软件里没退出，只见私信那栏亮起了一个小红点。

点开消息后，她立马倒吸了一口凉气。

【小助手：您涉嫌引诱粉丝刷礼物，现暂时将直播间关闭，打赏金额待后续高审之后替您退还，详细地址请……】

她——

被两个财大气粗的人，炸了直播间，成了炫富的牺牲品。

天理何在啊！

4

应念间退出软件前，看了眼打赏金额，饶是她这种一单服装设计动辄几万的人，也被震惊到了，蒙了半晌才缓过神来。

应念间切换到微博，找到“笑春风”问了她的联系方式。

陶花回得很快，直接把微信二维码发给了她。

【应念间：画笔以及今天的打赏，我知道你是想向我道歉，但是不必了。打赏金额后续会通过平台退还，给个地址，我把画笔寄给你。】

聊天窗口跳动着一行正在输入的字样。

【陶花：你误会了，当天我已经道过歉。】

应念间手下的问号还没发出去，对方紧接着发来一条。

【陶花：睡了，没事别 cue，人在欧洲，有时差。】

冷漠，非常冷漠。

每一个标点都散发着“生人莫理”。

应念间被两个“财神爷”炸掉了直播间，本就心情不爽，好在她懂得克制，与陶花聊天时，心态放得很端正。

奈何陶花脾气太古怪，两句话直接把她惹爹毛。

应念间心直口快反问道——

【有时差还大晚上爬起来刷火箭？】

像是被戳中了心事，陶花不再回消息，也可能是真去睡觉了。

应念间有种一拳打在棉花上，不痛不痒的感觉。她揉了揉手腕，一想到被动接受了陶花的心意，顿时浑身难受。

应念间留了一句言——

【我送你一幅画吧。】

下一秒，那个口口声声说去睡觉的人，很别扭地回了两个字“随你”，紧接着像是怕她反悔，又连忙甩出了收件地址。

应念间瞬间被气笑了，她怎么会有这么别扭的粉丝。

笑完，应念间想起直播时的漫画还没画完，又提笔重新画了起来。

这次的漫画其实只有六页，剧情画到她四处寻找设计灵感，跟言硕去密室就打止了，言硕被她画成了Q版，是唯一一个在漫画中拥有脸的人物。毕竟后面情节还需要他出场，给他加些记忆点方便大众记住。

……

画完之后，她简单上了个色，保存发上了微博。

【@盒子：未完待续~#乙方吐槽#】

圈子里有不少画师在现实生活中都担任的乙方，漫画刚发布没多久，立马在圈内小范围地传开了。

转发内容里频率最高的字眼是：画出了我的心声。

现实世界中遭受的挫折与委屈，被“盒子”以一种温柔的方式表达了出来，虽不如鸡汤来得猛烈，心却像流进了一涓溪水，温水在伤口上来回荡漾舔舐，看完只想好好地痛哭一顿，释放内心的压抑。

转发量像滚雪球，越滚越大，甚至引起了圈外的路人转发。

《乙方吐槽》被挂了话题，送上热搜。

连应念间自己也没想到，一则六页的短小漫画会被转出圈。

她更没想到，边禾！这个万恶的甲方竟然好意思转发她的漫画！

言硕此时正在上课，收到特别关注的通知后，上线点了个快转，甚至连漫画内容都没看，又匆忙下了线。

读者为了不错过边禾的动态，大部分人都装了饭圈定制的“爱豆”软件，关注着边禾的一举一动。

只见，边禾一分钟前上线，对“盒子”的动态进行了快转，一分钟后退出了微博……

此事一出，边禾的超话炸开了锅。

程菀茗身为超话小主持人，第一时间被炸上来吃瓜，一见是在传边禾跟“盒子”的谣言，她笑了半天，把超话内容截图发给了应念间。

【程菀茗：在？让言哥出来 battle。】

【应念间：言哥战无不胜：）】

【程菀茗：……】

程菀茗顺手截了张图，把头像备注打上马赛克发到了超话中，她站在“盒子”的角度为偶像与朋友澄清了绯闻，也希望能及时斩断边禾对应念间的念头。

【@橙子橙子：别乱猜啦，两位真的只是合作关系！身为美盒的舍友兼闺蜜，我很负责任地说一句，@盒子有男朋友！而且巨帅啊！

帅得一骑绝尘！！！看着这护短的口气就知道了！】

文案加截图，顺利扭转了八卦局面，一边感叹“盒子”护短之余，少部分粉丝一边还有点儿心疼边禾，还没追求就先被发了好人卡。

言硕下了课，收到姜寿司送的两张密室逃脱的门票，姜寿司原本是想带小萝卜去玩的，但是小萝卜周六想去游乐场，他只好把票让给了言硕。

言硕猜测应念间会喜欢，接下之前打了个电话问她的时间安排。

“周六玩密室吗？不是边禾写的。”

“不去。”

“不是边禾写的，立马变得好无情。”

“才不是，他把我直播间炸了！炸完又转发了我漫画！明知道画的是他，他还……还转发！故意向我示威呢！气死了，你别跟我提他。”

听着应念间愤愤不平的语气，言硕挠了挠头发。

边禾身为一个拥有百万读者的大作者，他帮她转发只是为了帮她刷阅读量，为何会让她对边禾产生了这种误解？

不过重点是，她破口大骂边禾，他并没有觉得是在骂自己，反而有点儿小开心，之前屡次掉醋缸，大部分都是因为边禾，现在真是身心舒畅。

他疯了吗？

“也不知是谁，当初那么喜欢边禾。”言硕语气酸溜溜的。

哪怕上次去密室已经是一个月前，他依旧忘不掉应念间为了边禾转变态度的事。

“你从哪儿看出我那么——喜欢边禾？”应念间拉长了声音，有些疑惑。

“你当初不是为了边禾，才同意跟我去玩密室吗？知道我当时哄了你多久吗，费尽口舌还不如边禾两个字有用。”

“我只是喜欢看他写的小说，而且那时我是为了找灵感设计封面！早知道他这么龟毛，拿钱砸我，我都不接他的封面单！”应念间一顿，“你吃醋了？”

毋庸置疑，是的。

这口陈年老醋，他还一直吃到现在，但凡当时头脑清醒点儿，也不至于吃自己的醋，跟自己暗暗较劲这么久。

“让我缓缓。”言硕抹了把脸，有些精分，“那你现在讨厌边禾吗？”

“讨厌得要死！路转黑了。”

“……”

完了，彻底完了。

他现在跑到应念间面前自曝马甲为时已晚，照现在的情势，她很有可能会跟他分手吧！

可总不能瞒她一辈子啊……

思来想去，进退皆忧。

言硕圆了无数个崩坏的情节，轮到自己却一点儿辙都没有，他只能在这个进退两难的死胡同里挠墙。

Chapter 07 少年心事

她气急时的责骂不是最伤人的，
最伤人的是她的眼泪

NIJIUZHANGZHEWOXIHUAN

1

十月底与十一月初那几天，像是西河市的温度分水岭，前天还在穿卫衣毛衣，今天立马套上了大衣外套。

在呵气成雾的季节里，应念间的手在大部分时间里都是冷的，预备送给陶花的画进程也随之慢了下来。

她将画笔丢进水桶，朝着冻得通红的双手呵了口热气。

“菀茗，去不去吃烤红薯？”

到了冬天，除了糖炒栗子，就是热腾腾的烤红薯最受欢迎，南校区唯一一家烤红薯的店铺愣是被宜江大学的学子们吃成了“网红店”，光是排队就要排上半天。

应念间一个人不想去，想邀程菀茗一起，可程菀茗自打回宿舍就一直唉声叹气，满脸丧容。

只听她有气无力地说道：“没兴趣。”

“南校区那家网红店很好吃的。”

程菀茗趴在书桌上拨弄着签字笔，语气恹恹。

“不想吃，高恒不回我消息，他前两天跟我说家人给他安排了相亲，你说他该不会哪天突然冒出来一个未婚妻吧……唉，我可太难了。”

“我请客。”

“突然又想吃了。”

“……”

两人来到网红店，店面看似小，实则流程具全。

应念间领了一张排队号码，扫完码发现前面还排了二十多个人。她果断拉着程菀茗四处转了转，生怕一停下程菀茗又开始担心高恒的感情生活。

“念间，言硕会很久不回你消息吗？”

恰好，言硕发来一条消息。

应念间优哉游哉地回复他：“会啊，课程时间不同，发消息碰巧他在上课，看不见也很正常，可能高恒今天比较忙。”

“不是，我是感觉，”程菀茗的手伸向了前方，转了几个角度感受空气的流动，“他好像在附近。”

“你是不是边禾的小说看多了。”应念间一阵毛骨悚然。

然而事实证明，女生的第六感一向很准。

程菀茗一扭头，就看见马路对面站着一个熟悉的男人，他穿了件橙色的冲锋衣，在人群中尤为显眼，他的眼神一刻也没从她身上挪开过。

程菀茗拍了拍应念间的手臂，问道：“你有没有看见马路对面站着一个人？我在做梦吗？”

“有啊，站了好多人，都在等红绿灯。”

高恒见程菀茗痴痴地愣在原地，蓦地笑了起来，脸颊上的酒窝深陷，让程菀茗立即意识到她没看花眼。

“高恒——”

程菀茗惊呼一声，像离弦的箭一般从应念间身边射了出去。

应念间心底陡然一慌，没来得及拉住她，幸而这时红绿灯跳转成绿色。

高恒停住脚，站在原地向她张开手臂，程菀茗毫不迟疑地抱住他，像是早已上演过无数次的情节。

两人耳语一番，紧接着程菀茗喊道：“念间！我先走了！你别忘了烤红薯，吃完告诉我什么味。”

“……”

应念间的心脏还在为她的鲁莽而狂跳不止，看着两人并肩离去的背影，她有些无语。

就……不吃了？

最终，应念间买了两个烤红薯，回去的路上她还特意从言硕上课的教学楼绕了一下。

言硕刚好下课，远远看见她，一路小跑着向她奔来。

应念间想了下，张开手臂，晚秋的凉风穿过她的指缝，无形但淳厚，摸得着抓不住。

下一秒，同样穿过她指缝的，还有……言硕的手？

他拉着她在大庭广众之下转了一圈。

“你干吗这样？”

应念间有些害羞地挣脱开言硕的手。

“啊？你不是要转圈圈吗？”言硕抬手擦了下她的脸颊，帮她把脸上的一片脏处擦掉。

看着他指尖沾上的灰褐色，应念间倒吸一口凉气，掏出面纸在脸上胡乱地擦了擦：“肯定是在吃烤红薯时沾上的。”

“你喜欢吃那个？那下次我买好带给你，省得你一个人还大老远跑过来。”

“不是一个人，我约了程菀茗，结果那小没良心的半道被她儿时伙伴劫走了。”

“那你应该约我啊！一个愿意翘课陪你去买红薯的人，跟一个半道把你丢下的人，你竟然选择后者？什么脑回路啊？”言硕满是责怪，用指关节敲了下她的脑袋，却没敢敲太重。

提起程菀茗，应念间开始喋喋不休地跟言硕感叹：“她因为儿时伙伴没回消息，丧了一天，结果你猜怎么着，那男生特意跨市来见她，给了她一个大大的惊喜！当时程菀茗就那样朝他跑去，对方就这样张开手臂接着她。”

“是吗？”言硕嘴角上扬，“原来你刚才是想抱我啊。”

语毕，一个温暖的怀抱向她袭来，他敞开大衣把她包进怀中，在她耳畔轻声笑着：“你下次可以再露骨一点儿，太隐晦的我看不懂。”

“穿这点儿衣服不冷吗？”应念间在他腰上捏了一下，又顺便摸了摸他的后背，发现他大衣里面确确实实只穿了一件毛衣。

“别乱捏，你也太露骨了。”言硕放开她，瞧她心情不错，趁机问，

“我问你个事儿，假设有一天，你发现别人欺骗你……”

这种类型的问题在应念间看来十分幼稚，但从言硕嘴里说出来，她却觉得言硕自带直男式可爱。

她笑着抢答：“我会先拆穿他，一点儿面子都不留。”

言硕点点头，觉得她的反应在他接受的范围内，保险起见，他继续追问道：“最后呢？”

“最后劝他别去倒腾老年保健品，智商太低卖保健品肯定骗不到人。”

“……”原来她根本没把问题当回事儿，难怪答得轻松。

应念间挽着言硕的手臂，重新答道：“我开玩笑的，不过我经历的倒霉事太多，性格算是比较能忍的，一般不会生气，只有发生大事才会生气。”

她胳膊在空中挥了半圈，给言硕比画生气的程度。

言硕“哦”了一声，心里衡量着“他是边禾”事件的严重程度。

如果只是单单的“他是边禾”，倒还好解释些，偏偏边禾后来卡着她的封面不让过，惹得她对边禾生厌了……

两人之间有旧账，那么问题就大了。

算了算了，还是重新挑个黄道吉日解释吧，冲动是魔鬼。

言硕有些退缩，应念间嗅到了一丝紧张的气息，来自身边突然沉默了的某人。

她冰凉的手指钩着言硕的下巴，迫使他看向自己的眼睛。

“事出反常必有妖啊，言哥是不是骗我了？”

“新……新中国后哪有妖。”

应念间的眸色偏浅尤为澄澈，言硕心虚不敢多看，眼神闪烁几下，落到了她身后的一棵枫树上。

深秋的枫叶老态龙钟，片片火红变得枯萎，干巴巴的，落到路面，鞋子踩过，发出阵阵清脆的破裂声。

应念间脚下踩着枯叶，对他步步紧逼。

“没有妖，你结巴什么？”

“碰巧舌头抽搐，”言硕拿开落在他下巴上的手指，牵入手中捏了两下，“出门记得多穿点，你那体温能跟我比吗？”他说着带着她的手插进了大衣的口袋中。

应念间挣脱开，在口袋里挠了两下他的掌心，很快又被他重新攥住。

他干燥的指腹上有层薄茧，略微粗糙。

应念间另一只手在口袋中翻寻，自言自语道：“我记得带出来了啊。”

“丢东西了？”

“没有吧……找到了！”她从口袋中拿出一支粉色的软管，上面写着“护手霜”三个大字。

美术生画画时经常会染上颜料，洗手次数比平时多，因此她常年都要备着护手霜，天气转凉后更是随身携带，多年养成的好习惯促使她的手摸起来比别人都要细腻。

“手伸出来。”

“小姑娘用的东西，我才不涂。”言硕两只手牢牢地揣进口袋，不打算屈服。

“那涂一只吧，你手上的薄茧蹭到我手背，有点儿疼。”应念间与他商量着。

他指腹上的茧子是码了百万字留下的辉煌战绩，也是磨平了键盘字母的唯一证据，他平时没注意茧子的粗糙程度，反而觉得指腹有了层薄茧，疼痛感都比别人轻了，没想到会弄疼她的手。

言硕乖乖把手伸向她：“那你涂吧。”

应念间拧开盖子，挤了一点儿在掌心揉开，双手贴上了他的大手，很细心地帮他涂抹着。

小语种系难不成天天都要搬砖，要不他指腹上哪儿来这么多茧子，看着硬邦邦的，刚结茧的时候肯定很疼。

她想到这里，几乎是下意识地对着他的手吹了吹，像是要替他抚平疼痛。

护手霜是草莓味的，浓浓的草莓香气充斥鼻腔，有点儿甜腻，言硕嫌弃地皱着眉头。

涂完之后，他把另一只手也伸过去：“这只也要。”

“小姑娘用的东西，你不是不涂吗？”

“强迫症，涂一只心里难受。”

“好吧。”应念间又拧开盖子挤了一点儿在他手上，“两只手交叉涂。”

“啊？”

“揉开就行了，不是我吓你，你再这样下去到了冬天手很容易皲裂的，明天我送支新的给你。”应念间拧好盖子，见他还抬着手没有下一步动作，“有问题吗？”

“左手涂过一次不能再涂，不然就比右手多涂一次，我有强迫症，接受不了。”他大言不惭地把手递到应念间面前，下巴点了点，示意她帮帮忙。

“……”

另一边。

高恒正在关心程菀茗的学习，他长她六岁，说话方式也颇像她的家长。

提到学习，程菀茗有些不耐烦，她托着脸应付，手指拨弄着桌上的咖啡匙。

“要不要去我公司实习？实习生每天交两幅插画就行了，我到时还可以教你些别的。”

“你们公司会克扣员工的假期，我没兴趣。”程菀茗噘着嘴，换了个话题，“你当编辑这些年，有没有培养出什么大神级的作者？”

“哟，难得关心我工作啊。”高恒手肘撑在桌面上，“大作者的话，边禾得算一个，还有……”

“我的天！边禾？”程菀茗庆幸自己刚刚没喝水，不然肯定喷他一脸。

听见她说脏话，高恒用桌上的长勺拍了下她的掌心，以示惩戒：“不许说脏话。”

“你跟边禾熟吗？”

“好奇？”

“特别好奇！”

先前提到学习还一脸倦容的程菀茗，此刻已是一副“你要是说这个，我可就不困了”的表情，这变脸速度不去学川剧，高恒都感到惋惜。

“特别熟，”高恒像是觉得这条消息不够劲爆，又说了一句，“之前寄样书，他填的地址是宜江大学，跟你一个学校哦。”

“我的……妈！”程菀茗激动地捂嘴，差点儿没忍住说了脏话，“那他是学生，还是老师？原名叫什么？哪个系的？”

“打住啊！涉及作者隐私，禁止打听！我可是个有职业道德的编辑，你休想从我这儿套出一句话。”

“求求你了，再透露一点儿嘛！好不好嘛！”程菀茗摇着他的手臂撒娇。从小到大，只要她一撒娇，高恒立马缴械投降。

唯独这次，涉及别人隐私，高恒铁面无私，哪怕是和自己青梅竹马的伙伴也能例外。

“不行哦，关注作品，远离作者私生活。边禾又不是明星，不要对他太过八卦！”高恒边说边点着她的额头，教育她的样子，像极了苦口婆心劝她好好学高数的老师。

重点……重点是……

高数太难了啊！哪有八卦有趣啊！

程菀茗不死心地重新摇晃他的手臂，晃完见他不吃这套，立马从椅子上起身绕到他身后，狗腿子似的给他捏肩捶背。

“哎呀……差点儿忘了，我们尊敬的高总编，能签下边禾那种大神级别的作者，您老的实力也是不容小觑的呀！

“您签他的时候，他合约上写的多大年纪呀？和我一个学校想必和我差不了几岁吧。

“不知道他学的什么专业，班上女生多不多？我们学校的妹妹们一个比一个好看，边禾大概有女朋友了吧？

“哎！之前边禾在网上追过‘盒子’，你听说了没？”

程菀茗边捏肩边套高恒的话，高恒全程闭着眼睛享受，听了这句才缓缓开口。

“你就这么关心他啊？”

“纯属好奇，我可是看着他的书长大的。”

“拜托，他只是写文早，其实才和你同岁！算啦，看你这么卖力的分上，再透露一句，他已经有女朋友了，他的新书封面就是他女朋友画的。”

程菀茗感觉大脑里一道白光闪过，她听错了吗？应念间什么时候成了边禾的女朋友……

“你还记得，我们在红绿灯路口见面的时候，我旁边有个女孩……”

“记得，你舍友。”

“她就是‘盒子’。”程菀茗定定地望着他，面无表情。

高恒刚喝进口里的咖啡瞬间全喷了出来，一阵猛烈的巨咳过后，他擦了下嘴角，茫然道：“啊？”

“盒子”除了是边禾的女朋友，还是程菀茗的舍友？这剧情谁敢写。

边禾之前千叮咛万嘱咐让他别穿帮，现在全露馅了……

他脑门儿上出了一层汗，悄悄把手机拿到桌底给边禾发消息。

言硕此时正在筹划新文大纲。

一本……为了应念间而写的书。

他思前想后，唯一一个能让应念间不生气的办法，就是他把他们的故事写出来，到时候他在书里自曝马甲，这种柔和一点儿的方式应该不会再让应念间气得大发雷霆。

“叮——”

手机铃声打断了他写大纲的思路，他看了眼备注，心生狐疑。

【编辑土拨鼠：我发小是“盒子”的舍友，她已经知道你是边禾了。】

【言硕：……】

【编辑土拨鼠：小子，你凉凉了。】

言硕脑海里猛地涌现出应念间说的话“程菀茗的儿时伙伴跨市来

见她了”……

原来，那个儿时伙伴是他的编辑？

他噌地推开椅子，顾不得思索，拔腿就往北校区跑，一定、一定要赶在程菀茗回去之前亲自向应念间道歉。

否则，不光是他，严重点可能连他们的爱情再也见不到明日的太阳了……

太阳落山后的温度比白天低，风刮过言硕的脸颊，吹得皮肤生疼。

他站在女生宿舍楼下，大口大口地喘着气，心脏就快要跳出来了。

掏出手机的那一刻，时间仿佛静止了，世界变得格外安静，他只能听得见自己剧烈的呼吸声。

“喂？喂？言硕？说话啊？”

应念间唤回了他的神志。

他深深吸了一口气，看向应念间所在的宿舍阳台：“你下来一下。”

阳台上出现了一个熟悉的身影，应念间蹙着眉头，探头往下望，有些不解：“出什么事了？”

“我来跟你说……说说新中国后的妖怪。”

2

——事出反常必有妖啊，言哥是不是骗我了？

——新……新中国后哪有妖。

当时她看得出言硕有些反常，但出于信任没多想。现在看他这样，她心中更加坚定言硕有事瞒她，而且是兜不住了才会来得如此匆忙。

应念间心乱如麻，下楼的过程异常缓慢。

言硕的嘴唇因为剧烈狂奔血色全无，此刻的他看起来眼神仓皇无措却又十分坚定，很矛盾。

“你骗了我什么？”应念间声音颤抖，“该不会是你……”

劈腿？

脚踏两条船的事，言硕的性格做不来，而且以他之前对女生敬而远之，连微信都不加的行为，概率很小，几乎为零。

“家族企业面临经济危机，你爸意图送你去商业联姻，挽救企业？你现在是想带我私奔……吗？”

“……”言硕有瞬间怀疑应念间是不是他的读者，比起悬疑文，她貌似更偏爱言情霸总玛丽苏小说。

“没有别人，只是我们两人之间的事。”

“那……”应念间手指绞着衣摆，心里慌乱得不行，“你是觉得我们不合适吗？”

“不是，你千万别乱想，”他嘴唇动了动，继续说，“我来找你其实是想说，边……边禾就是我。”

“？”

言硕咽下上涌的酸涩，牢牢抓着她的手，生怕她在下一秒从他的眼前消失。

“打赏是我刷的，动态是我转的……

“之所以之前没告诉你，是因为我吃自己的醋……

“听起来确实很不可理喻，但是，我之前以为你喜欢边禾，害怕你知道真相后会把这种喜欢转接到我身上，而不是因为我是言硕，对不起。”

……

“可你是色盲啊……除了第一次返稿，之后边禾一直在挑颜色的毛病。”

她的手还被他握着，言硕指腹的薄茧摩挲着她的掌心，粗糙、干燥，应念间蓦地翻开了他的掌心托到眼前细细观察。

每个人长年累月地做某件事，最终会在他的手指上体现出来，比如她常年画画，中指内侧有一块薄茧，而常年做体力劳动的人则是掌心处会有薄茧，但言硕的掌心温厚，只有指腹的皮肤才稍微硬点儿，这不是一双干体力活的手，说是敲键盘磨出来的反而更有说服力。

应念间出现了短暂的耳鸣，想起那些天为了改图做过的无数努力，她有些按捺不住，脑袋一昏，厉声质问：“色盲也敢点评？谁给你的勇气！”

言硕被“色盲”二个字狠狠伤到，他咬紧了后槽牙，咬肌肉眼可见地动了两下，却也只能无力地说出：“对不起。”

“你明知道我画得多辛苦，一遍遍改了多少次！”应念间气得浑身颤抖，手紧紧地握成拳头，生怕自己会克制不住打到他的脸上。

难怪最后封面颜色那么不协调都通过了，原来是他根本不懂颜色，完全随口乱说，而她因为他的胡乱点评，还曾经怀疑过自己的能力？

……

说来真是可笑，她当初还以为最后成功定稿是因为蹭到了言硕的好运，不曾想到，原来是她在作者本人面前暴露了懦弱，变相向他示弱。

他带给她困难，还装作不知道似的来安慰她，而她竟然也傻乎乎地去感谢他带来的好运。

应念间怒极反笑，手指戳着言硕的胸口，质问他："你有良心吗？"

"给我一个解释的机会。"

"解释你只是恶趣味犯了，还是想说画你们大神级的作者封面都得历经九九八十一难？"应念间眼圈通红，她愤然擦了下眼泪。

她气急时的责骂不是最伤人的，最伤人的是她的眼泪。

看见她哭，言硕整个人绷得紧紧的，好似一根弦，只需轻轻弹拨，随时可能断掉。

他向她伸手，想将她搂进怀中，却被她避开了。

应念间避他犹如躲避洪水猛兽，澄澈的眼神中此时夹杂着满满的不解和失望。

"记不记得同学会散场后，你对我说过什么？你建议我对当初欺负我的人报复回去。"

"你还狡辩！"

应念间转身要走，言硕只觉心里的弦“嘭”的一声断了……他急忙将她拉住，扯着她的手臂往肩上一扛。

往后每每提起这个场景，言硕都少不了要被罚去墙边倒立，不过这都是后话了。

应念间被言硕扛在肩上十分不舒服，手脚并用地在他肩上扑腾：“你干什么！言硕！你个浑蛋！太丢人了，我自己能走！”

言硕充耳不闻，手臂结实的肌肉隆起，像骨骼一样坚硬，他一路扛着她往宿舍的反方向走去。

肩上的女生闹腾了一会儿没力气了，放弃似的趴在他肩上，随着他每迈一步，血液一股接一股地涌上脑袋，她的脸因为充血涨得通红，要是再被扛下去，眼压都快爆表了！

应念间示弱了，拍拍他的后背：“言硕，我头晕，不太舒服。”

她细如蚊蚋的声音在身后幽幽响起，言硕咬紧后槽牙，最终换了个姿势把她抱在怀里。

应念间一张脸涨得通红，大脑因为充血有点儿迷茫，此刻她安安静静地靠在言硕肩头，由着他抱。

言硕抱着她走进了一间大厅，把她放在最后一排椅子上，对上她有些失望的眼神，言硕简直觉得自己就是个混账。

他烦躁地揉了下短发。

“你听我解释，行不行？”

“说吧。”应念间蹙着眉头。

人都被你扛来了，还装模作样地询问她的意见。

呵，应念间翻了个白眼。

3

那还是在小学二年级的时候，言硕某次在课上偷看漫画书被老师抓了个正行，后来换座位老师直接将他调到了一个女生的旁边。

那女生是副班长，小小年纪就整日板着一张脸，很不好接触，时不时的还偷看他，就好像在牢房里看管犯人一样。

言硕很不开心，起初做同桌的那段日子里，两个人像是比赛，谁也不肯先开口打招呼。

直到一天下课。

前排的男生转头，拿着一本课外书向副班长讨教：“应副班，应副班，书上说迷路了可以用指南针，那如果没带指南针要怎么办呀？”

“没有指南针为什么还要去森林啊？”应念间懵懂地反问他。

言硕冷笑两声，接过前排同学的课外书，耐心指导他：“没带指南针可以看星星，北斗七星跟北极星都可以用来定方位，不过北极星比较远，还是看北斗七星就好。喏，就是那个形状像勺子的。”

“如果阴天看不见星星呢？”

“那可以找被伐过的树，横截面有年轮，年轮宽的代表南方，因为南方太阳足，植物细胞分裂次数多，树的南边长得旺盛。”

七八岁的男生无论装得多么深沉，婴儿肥未褪的模样还是让他看起来稚嫩，但他那点成熟，在同龄人之间已经显得非常有魅力，至少在智商上已经甩开别人一大截了……

应念间托着脸看向他，发觉他虽然皮肤黑黢黢的，五官倒是不错，特别是那扇卷翘的睫毛，像极了芭比娃娃，假如皮肤再白点，肯定能当班草。

前排的男生还在追问："如果找不到年轮呢？"

"可以看树叶，树叶茂盛的一边代表南方，跟年轮同理，除了树叶，还可以看苔藓。"

"如果冬天没有树叶，也没有苔藓呢？"

言硕成熟的面具上出现了一丝裂纹，显然被步步逼问的他已经有些撑不住了。

什么都没有，该怎么办呢？

该怎么办？书上没写别的办法啊！

"啪！"他的同桌抄起一本书狠狠拍了下桌子，声音惊得四周同学看了过来。

"成明！你有完没完！老师上课让大家提问题时也没见你举过几次手，天天不是笔掉地上就是书掉地上，今天的作业你补完了没？信不信我去告诉老师。"应念间小小年纪，虽然当的是副班长，气势却比班长还要足，老师偏爱她，同学们也更服她。

被训斥过的成明默默拿着书转了回去，言硕由衷地对新同桌产生了感激，他咧着嘴冲应念间一笑，算是示好。

他正值换牙期，缺掉的一颗门牙还没长出来，而应念间一直比较偏爱白净的小男生，此时看到他咧嘴一笑，她对他的那点儿崇拜，立马荡然无存。

小姑娘傲娇地用铅笔在桌上画了一道粗线：“谁过了这条线谁就是三八。”

“……”

言硕的笑容僵住了，隐隐感觉门牙漏风。

下节课是语文课，语文向来是言硕的强项。

同学们都还在学拼音的时候，他就已经开始背李白的诗词了。

趁着讲台上的老师在写板书，言硕偷偷把桌洞里的漫画书抽了出来，翻到上次没看完的那页。

他的家人觉得看漫画是玩物丧志，在家里看漫画被逮到不仅要挨骂，还会被停掉一周的零花钱，于是他只好在学校看，天高皇帝远，反正只要他不说，家里就没人知道。

漫画比教材上的拼音可生动有趣多了，他看得津津有味。

应念间盯了他好久，总算让她抓住机会向老师报告了。她出手迅速，以迅雷不及掩耳之势抢过言硕的漫画书，举到了半空。

“老师！言硕上课看漫画。”

语文老师是班主任，收他的书不是一次两次，否则也不会把他调去跟副班长应念间做同桌，为的就是让副班长盯着他。

副班长刚正不阿，倒是一点儿没让老师失望。

言硕神色慌张，手还保持着捧书的姿势：“我……”

“你的漫画书堆在我那里已经有半米高了，快点儿叫你家长来拿。”

言硕咬着嘴唇，一张小脸惨白惨白的，现在的零花钱已经够少了，买支甜筒都费劲儿，就连这买漫画书的钱，还是他辛辛苦苦卖瓶子赚来的，要是又被家里人知道他在学校看漫画……

他低着头，泪眼汪汪。

应念间以为他知道错了，在悔过，于心不忍地撕了张小纸条写了行话安慰他。

递小字条时，她没注意到自己逾越了课前刚画的“三八线”。

言硕重重地在字条上画了五笔，揉成纸团弹给她。

应念间展开皱巴巴的纸团，上面赫然写着两个粗体大字——“三八”！她顿时气不打一处来，再次起身举报了言硕。

“老师！言硕桌洞里还有一本漫画书！”

言硕：“……”

“赶尽杀绝”是他当时唯一能想到的形容词。

不是用来形容没收了他无数本漫画书的班主任，而是用来形容新同桌应念间！

一节课被没收两本漫画书，让他本就不富裕的钱包更加雪上加霜。

他气！之前眼眶含泪是心疼自己捡完瓶子没两天又要出去捡！现在夺眶而出的泪水是被应念间气的！

因为举报事件，他对她的好感度被刷成了负分，而两人的关系也再次骤降到了零度之下。

此后连续两天，言硕总在午休期间偷偷溜出去，应念间虽然好奇，但他们还在冷战期，她并不想作为第一个开口的人，因为这样很没面子，况且她向老师举报同学看漫画书，是她作为副班长的职责所在，她不需要先拉下面子跟言硕讲话。

又过了两天，上次随堂测验的成绩下来了。

令应念间瞠目结舌的是，从没听过课的言硕竟然在这次语文测验中得了满分！

自从二年级的语文试卷多了最后一道看图说话题，班上同学鲜有得满分的，就连语文课代表也会被扣上一两分。

她之前跟言硕不熟，不知道他成绩如何，只是看他上课不听讲就知道看漫画书开小差，猜测他肯定是个不好好学习的“差生”无疑。

但此刻，鲜艳扎眼的分数狠狠打了她的脸，她感觉自己的脸烫得厉害，她望了眼肤色又黑了一度的男生，悄悄把自己99分的卷子藏好。

午休，言硕照例偷偷溜了出去。

同样偷溜的，还有应念间，她始终想不通为什么言硕不听课还能考那么高的分数，肯定是每天午休去偷偷见了仙人，她偶然间听言硕反复念过一句诗“仙人抚我顶，结发受长生”。

尽管这句诗超出了她的知识范围，但字面意思她还是懂的。

……

应念间尾随言硕出了低年级的大楼，一路跟着走到了体育器材室里的杂物间。

杂物间很小，门锁陈旧，自从学校里打扫卫生的阿姨退休之后，杂物间就再也没人用过，所以言硕就把这里当成了他的秘密基地，里面藏了他这两天捡的所有瓶子，还有他囤的蛇皮袋。

言硕只推开了一条缝隙，手伸进去迅速拖出了一个跟他一样高的蛇皮袋。

应念间躲在柱子后面，大气不敢喘，远远地望着他。

言硕貌似经常来这儿，因为他抖蛇皮袋的动作非常熟练，像极了校门口收废品的老大爷。

他将蛇皮袋里的灰尘抖干净后，卷了一半握在手中，然后开始了漫无目的地乱逛。

说是乱逛，却又像是在找什么似的，应念间发现他从不走大路，喜欢走小路，走着走着还会翻翻草丛，扒扒垃圾桶。

每当言硕翻过一处草丛，应念间都会跟上去重新翻一次。

次数多了，聪明的男生便发现了身后有人跟踪。他早在杂物间拿蛇皮袋时就瞥见应念间躲在了柱子后面，那个傻子只顾着把脑袋藏好，忘记了脚还露在外面。

但他没把这个小屁孩放在眼里，他想过了，如果她去告老师，他就对班主任说他这是为了清扫校园内的垃圾。

想着想着，一个塑料瓶子落在他的视线里。

常年捡瓶子的经历让他速度极快，几乎是条件反射地朝那个塑料瓶子扑去。

应念间躲在草丛后面，关注他的一举一动，此时，她才明白言硕午休外出的原因。

原来……

原来他家是收废品的！

难怪他抖袋子的动作那么娴熟老到！肯定是因为学校打扫卫生的阿姨退休了，校园里的瓶子没人帮他捡，所以他才亲自出来。

她就说嘛，别的同学被没收书籍顶多是难过，像言硕这样哭哭啼啼抹眼泪的放眼全校也找不出一个。

想必那两本漫画书的价格于他而言，不！于他全家而言，都是比较昂贵的吧！

应念间动了恻隐之心，对举报他的事感觉十分内疚。

言硕那一扑正好扑在了学校的围墙边，墙上不知何时挂了一群高年级的学生，他们手里拿着的、嘴里叼着的全是零食饮料。

一看就是趁着午休翻墙外出买零食的。

他们违反了校纪校规，却不以为然，哄笑着从围墙上陆陆续续跳下来，为首的一个男生吊儿郎当地穿着校服，他一口气喝光了瓶子里的水，将空瓶子丢到远处。

“小孩，去，再给哥哥表演一个狗吃屎。”

高个男身后的小弟扯着嗓子起哄，惹得言硕脸一阵红一阵白，他才不想搭理这群混混，跟比他高的人硬碰硬，肯定占不到上风。

言硕转身要走，高个男立马夺过身边小弟手里的饮料瓶子砸向了他。

“哥哥跟你说话呢，表演个狗吃屎，我们手里的瓶子都归你。”

“再来一个！再来一个。”

“赶紧的，别等着哥哥们把你打趴下。”

“扑啊，傻愣着干吗？”

高年级的学生逐渐步入青春期，有了逆反心理后最难管，他们几个人站成了一个包围圈，轮流推搡言硕，不知是谁下了狠手，一下子把他推倒在地。

言硕脾气倔，越是被欺负，越不低头，他很快从地上爬起，表情狠厉地瞪着那群人。

可七岁的小孩能有多凶呢，在一群十一岁的高年级男生眼里，就像是一只刚出生的小奶猫学着大猫的样子，从喉咙里发出喵呜喵呜的呜咽，奶气十足。

“小孩还挺凶。”

为首的学生摩拳擦掌向言硕走去。

躲在草丛后的应念间见苗头不对想回去告诉老师，跑了几步发现距离实在是太远了，这一来一回，那言硕肯定……

应念间又蹲回草丛，匆忙捡了一堆石子。

她想着，先用石子砸他们，扰乱视线，然后给言硕制造逃跑的机会，不然现在凭着他们两个是不能硬碰硬，得先把言硕救出来。

君子报仇，十年不晚，这个道理她还是懂的。

应念间一边抱着一堆大小不一的石子朝他们跑去，一边还腾出一只手高举着石子要砸他们。怀中石子没了依托，边跑边掉，最大的一块石子落地后蹦到了她脚下，她只觉得重心不稳，怀中石子落了一地，双手直愣愣地扑向了前方。前方是言硕，他根本没注意到后面有人朝他扑来。

电光石火间，他腰部出现一阵火辣辣的痛感，沿着背脊直逼后脑勺，下一秒，他下身变得凉飕飕的，像寒冬腊月天对着裤腿吹电风扇一样凉爽。

言硕大脑宕机，机械地摸向下半身，触手是温凉的皮肤。

再一低头，他发现裤子被扒到了脚踝。

高年级学生们被应念间吓得不轻，你推我，我推你，慌忙逃离。

应念间摔倒时扑在了石子上，胸前被硌得青一块紫一块，疼得在地上打滚，见言硕还直愣愣地杵在原地，她学着武侠片中负伤的侠士，一手捂着伤口，一手撑着地面借助腿力爬到了言硕身边，好心地替他拉上了裤子。

那一刻，刚刚回神的言硕，一低头看见她松开的小手，羞耻心瞬间达到巅峰，不堪忍受晕了过去。

“啊！”

……

言硕被接走时，神志已经清明，只是眼神稍显空洞。

应念间为人仗义，为了帮言硕报仇，她跑到了老师办公室。班主任得知前因后果后立马领着应念间杀去了高年级组指认。那天下午，这起“校园霸凌”事件闹得沸沸扬扬，学校结合多项证据，那几个惹是生非的学生受到了惩罚。

但言硕自那以后，却连续好几天都没去上课。

他躲在家里不肯出门，身上被应念间挠出来的两道伤口已经结痂，但当众被人扒了裤子的事，却久久地在他的脑海里盘旋。他比别的孩子启蒙早，瞧不上那些还在学拼音的同学，可他的自尊心却被他瞧不上的人，当众践踏，践踏完还……

还帮他将裤子拎了上去！二次侮辱！

那几天，父母只要一提到上学，言硕就往房间里躲，有时能躲一天，不吃不喝不开门，他们坚信言硕是被校园暴力害得产生了心理阴影，后来带着言硕去了外地，重新给他选了一所安全的学校。

某天傍晚放学。

应念间手里抓着火腿肠，一口没动，心事重重地跟在奶奶身后。言硕转学的消息对她的打击不小，感觉刚熟悉起来，刚想要保护他，他就走了，而且走得匆忙连被没收的漫画书都没带，她向班主任要了几本，准备带回家留作纪念。

她咬了一口火腿肠，深深地叹了口气，火腿肠好像都失去原来的味道了。

正当她走神之际，突然从角落里蹿出了一只黑猫，猝不及防将她扑倒，黑猫匍匐在她身上呜咽，鬼泣般的嗓音刺痛了她的耳膜，刚睁开眼对上黑猫那双阴森的绿色瞳孔……

她吓晕了。

4

旧时的记忆像潮水般涌来，几次像海浪迎面卷来淹没了她的头顶，呛得应念间直咳嗽，眼圈通红。

“他……他哪有你这么白……”应念间声音里夹杂着哭腔。

言硕完全没想到她的关注点会在他的肤色上，猝不及防有点儿被她可爱到。他解释说：“我当初是捡瓶子晒黑的，又不是天生的。”

当时为了看漫画书，他简直是拼了，天天午休顶着烈日出去捡瓶子，刚开始变黑谁都没发觉，直到后来某天许久不见的奶奶来做客，一见到他差点儿都没认出来。

“那你用的什么美白护肤品啊？”

应念间觉得这真是太诡异了，她缓和了一下情绪，捧着他的脸左看右看，不敢相信曾经比煤球还黑的人竟然摇身一变成了冷白皮，而且皮肤白得通透自然，让人羡慕极了。

只要她不生气，言硕由着她随意蹂躏他的脸。

“我又不是天生皮肤黑，不捡瓶子自然就白回来了。”

“你当年为什么那么热衷于捡瓶子，是……是不是有怪癖啊？”应念间问得有些难以启齿。

边禾的小说中有不少凶手设定都是因为有怪癖动了杀念，看小说的时候太过入神，她偶尔也会害怕作者本人是不是有某种癖好。

而作者本人此刻皱着眉头，一脸苦笑：“怪癖？我捡瓶子还不是因为你。应念间，追究起来你小时候坑了我多少次，我都没跟你算账，你就是我的冤家！”

“关我什么事？难道你小时候就想捡瓶子养我了？我魅力这么大吗？”应念间捂着胸口，显然是被这个想法震惊到。

早在言硕刚跟她做同桌时，她就发觉这男生的课外知识格外渊博，比班上那群连汉语拼音都念不利索的人厉害多了。

可言硕看别人的眼神却总是充满嫌弃，应念间看不惯，也懒得跟他搭腔，两人井水不犯河水。

言硕掐了下她的脸颊：“我小时候也真是挺蠢的，卖完瓶子第一时间竟然不是给你买冰激凌！唉，不过谁知道那时候身边坐的是我女朋友啊……吭哧吭哧捡一周的瓶子才能买一本漫画书，还没捂热乎就被你告了老师，着实给我心疼哭了。”

“……”

“幸好转学后一切都顺了。”

“不愧是边禾。”应念间朝他竖了根大拇指，毫不吝啬地夸赞。

活该他长大后成了大神级作者，他小时候就有很多鬼点子，在别人眼中是可回收垃圾的瓶子，在他眼中成了买漫画书的资金。

这头脑，这持之以恒的态度，这坚持不懈的努力。

应念间被感动到想拍案叫绝，太绝了。

趁着应念间好说话，言硕继续卖惨，把话题拉回原来的事情上。

“看在我曾经被你欺负得那么惨，你别气了，原谅我吧。”

“言硕，漫画书这个事我认了，但你上课看漫画你也有错啊！而且……而且我扒完你裤子之后什么都没看见，你要是把转学的账算在我头上，我也太亏了！”

“……”怎么听她的语气是在后悔没看见？

“是你觉得我看见了你的关键部位，我不要你觉得，我要我觉得，谁的眼睛谁做主。”

她视线直白地落到他裤子上，回忆起来只记得他裸露在外的大腿也是冷白皮……那会儿还纳闷呢，为什么小煤球的身上这么白，敢情他不是天生黑皮！

言硕尴尬地跷起了二郎腿，轻轻咳了一声，见她视线还没挪开，直接帮她把脑袋扭到一边：“你当自己有透视眼吗，那你要怎样才能原谅我啊？你该不会想抛弃对你如此深情的我吧？”

“当然不是！”

应念间急切地否定，惹得言硕心情大好。他克制着上扬的嘴角，得寸进尺地问：“那你说说要我怎么补偿你？亲亲抱抱举高高，又或者是给你买一辈子的烤红薯，写一辈子的书给你看？当然了，大家都是成年人，你有别的想法也可以跟我说，为了补偿你我可以做出点儿牺牲。”

“不必了。”应念间见他一脸娇羞，实在是没眼看，她艰难地开口，

“扒你裤子的是我，害你转学也是我，给你幼小心灵造成莫大的伤害，我也很过意不去，之前不知情，让你报复回去的人也是我，看在你那天维护过我的分上……”

言硕应该早在同学聚会上就认出她了，难怪后面会一直反驳她的言论，她还以为言硕是保持一颗与人为善的心，只是没想到害他转学的人是她。

“嗯？”

“扯平了。”

言硕扯过她的手放在嘴唇上亲吻一下：“谢谢。”

“一码归一码！你刚才扛着我走了一路，这笔账怎么算？”

幸好那时候言硕还算冷静，及时把她从肩上放下来，不然她整个天灵盖都快被血液顶翻啦。

言硕：“先给你揉揉，再算账。”

“也行。”应念间转了方向背对着言硕，担心他会乱揉，她慢吞吞地威胁道，“揉得不好我就去学校论坛上爆料你被人扒过裤子，你现在可是有把柄在我手上。”

“……”

把陈芝麻烂谷子的事当成把柄，算哪门子威胁，也不提前问问他到底在不在意，真是拿应念间没办法。

言硕无奈地笑着摇头，极力配合她的威胁：“盒盒大人放过小的吧，小的一定尽心竭力地服侍您。”

过了一会儿。

前面的女生忽然绞着手指，语气内疚：“在宿舍楼下……我说话太重了，要不你也骂我一顿出出气？”

“我本来就是色盲啊。”言硕坦然一笑，比起那句狠话，她的眼泪对他的伤害更大些，“言哥铜墙铁壁，哪能被你伤到。”

“唉，”应念间鼻子酸涩，哽咽了两下，“你不会生气吗？”

无论是小时候她一次次没收他的漫画，扒了他的裤子，还是现在害他犯胃病，说难听的话中伤他，他好像从来没发过一次脾气，也没对她说过狠话。

照理说他小时候高傲自大，性格应该嚣张暴戾才对，可现实却恰恰相反，小时候是外冷内热，长大后是谦逊温和，永远都是温温柔柔的一个人。

“对你不会。”

Chapter 08 余生和你

许诺如负债，
到时必须还

NIJIUZHANGZHEWOXIHUAN

1

马甲的事情解决完毕，没了顾忌的言硕在网上对“盒子”的态度更加不含蓄。

应念间更新完的下一秒，就能在首页刷到边禾的转发。放眼望去，边禾的微博首页全是“盒子”的漫画，不知道的还以为他是被盗号了。

边禾如此光明正大地一次次转发，最先不满的是“盒子”的粉丝，他们知道“盒子”是有男朋友的人，而且聊天截图上的“言哥”听说还是个帅得一骑绝尘的男人，为了保护好“盒子”不被挖墙脚，粉丝们极力抵制边禾的倒贴行为。

应念间某天刚发完漫画，刷新完动态看见评论里有一条写道：

【边禾强捧无敌，最近不仅对他反感，也对“盒子”很反感。】

看完评论，应念间立即给言硕打了通电话，那端有阵阵风声，听起来像是外面。

“言硕！你别再转发了！我不想蹭你流量！”

“没蹭啊，帮女朋友营业有什么错啊？”

应念间被堵得哑口无言，嘴唇哆嗦了半天，威胁道：“你再转，我就……就去论坛爆料你小时候被人扒过裤子。”

“又爆啊。”

他喉结滚动，低沉沉的笑声顺着电流声传来，听起来像是忍得很辛苦。

应念间把他的把柄握在手里当成了女王权杖，时不时挥几下以示警告。言硕大多时候都是配合她装装害怕，次数多了，他忍笑忍得腹肌疼。

“这次是真的。”

她每次都说是真的，实践却为零，很没有说服力。

偏偏言硕愿意配合她，有句歌词不是唱得好听——“该配合你演出的我演视而不见”。

“我信，最后一次，你现在在哪儿？”

“在画室，马上回去了，外面太冷，你也赶紧回去吧，本来身体就不好。”她嘟囔了一句。

“行，在画室等我五分钟。”

没等应念间问原因，他收了线。

五分钟后。

画室门口出现了一个身穿米色大衣的男生，他手中捏着一个熟悉的纸袋。

“给你带了烤红薯，来捂捂手。”

他把红薯从纸袋中抽出一半，剥掉皮递给她。

应念间接过来咬了一口，含混不清地问：“排了多久？”

“一小会儿。”

应念间亲自排过队，知道所谓的“一小会儿”有多么漫长，想到他在冷风里吹了那么久，她摸摸鼻尖。

“恐怕你还不够了解我，我偶尔也会挑食。”

“嗯？比如不吃青椒、洋葱、西蓝花？”

“不是，我跟别人不一样，我不喜欢吃走很远才能吃到的食物，也不喜欢吃排好长时间队才能吃到的食物。懂……懂吗？”

说得这么明显，他应该懂了吧，应念间觉得自己当女朋友当得称职极了，已经开始主动关心他的身体了。

然而……

“可现在你吃得也不少啊。”

你、吃、得、也、不、少、啊……

应念间低头看向不知不觉已然被吃了大半的烤红薯，羞愤地往言硕手里一塞。

她明白了，这回彻底明白了，跟直男说话绝对不能拐弯抹角，必须直白，凭边禾写过那么多狗血的爱情故事，就能看出他情商到底有多低。

“嗯……想先跟你说下。”言硕说。

“你说。”

应念间用手指摸了下画板上的颜料，发现还有几处没干，她搬着画板走到了窗边，把窗户开了点儿缝隙。

“我下本书想写言情。”

“写啊，悬爱类型你又不是没写过。作为你曾经的读者，我想代替广大读者说句话，恳求您老别再写男女主角是失散多年的兄妹的狗血剧情了，这设定太倒胃口了。”

“不是悬爱类型，没有悬疑，就是想挑战言情。”

半晌，应念间才爆发一句：“啊哈？我没听错吧？”

“你期待下呗。”

“会的，我本人非常期待‘小琼瑶’的言情。”

“你等着，应念间，迟早有天我要你亲自夸我言情写得好！”

“呵！你先把名字取好吧，什么小红、小蓝、小绿，这次新人物角色叫什么啊，啊？红橙黄绿青蓝紫轮着来好了。”

言硕气得背过身去，反手把剥好的红薯递给她。

应念间滑开相机，对着他手中的红薯迅速拍了张照片发上微博。

【@盒子：我对冬天的期待：板栗、红薯、温暖的怀抱。】

【啊啊啊啊啊，发糖了！是言哥吧！言哥的手真好看啊！】

【明明捏的是红薯，我咋感觉像捏了束鲜花一样浪漫……】

【秀恩爱是为了劝退边禾吧。呵呵呵呵呵！】

……

应念间跟言硕的马甲虽然在现实里掉光了，但网上的粉丝们还不知道边禾跟“盒子”的关系，她跟言硕也没想过要在网上官宣，他们都是不喜欢把现实生活放到网络上的人。

发完动态，微信响了一声，是陶花发来的消息。

【陶花：十斤红薯明天就到，你让言硕去扛。】

【应念间：？？？？？】

“叮——”

一条网站自动发送的短信进了她的信箱：

【您的十斤红薯明天下午两点送达，详情咨询官网：www.wozuikuai.com】

【应念间：你现在是在欧洲倒腾红薯发达了吗？在哪儿搞的十斤？】

【陶花：我妈卖红薯，今年滞销，随便送人。】

【应念间：……】

红薯是天气越冷越好卖，南门那家网红店现在一天能卖几百个，说滞销是认真的吗？

应念间伸手摸了摸画上的颜料，吹了半天冷风，现在已经干透了。她小心翼翼地用勾线笔在右下角签上名字 Finar，然后一言不发地将画卷好。

“我要去寄东西了，你去吗？”

“我陪你去寄，这是参加比赛的？”

自从知道应念间是 Finar 后，他也曾去了解过国际上的各个比赛，印象里比赛都是在春夏办得比较多，冬天很少有赛事。

“不是，是寄给陶花的。”应念间边收拾其他画板上的画，边向言硕复述刚才与陶花的聊天，“她刚才给我寄了十斤红薯！十斤啊！她性格好傲娇，明明喜欢我的画，我说送她，她还别别扭扭的。”

言硕有些吃醋：“那我的画呢，就因为我红薯没她送得多吗？”

“你是关注我几个月的新粉，她可是十年老粉，要画也得有个先来后到。”

“那我小学就认识你了，岂不是比她早好多？”

“对啊，所以我本人是你的女朋友，还有什么问题吗？”

“没了，走吧，我保证不跟她抢。”

言硕美滋滋地接过她手中画卷，帮她拿着。

2

太阳炙热的温度经过了寒风的冷却落到大地上，所剩无几。西河市的冬天寒冷恬静，万物静得像是在经历冬眠。

幸而南方的冬天不长，转眼到了次年暑假。

距离言硕的小说完结已经过去了大半年，书号在炎热的夏季姗姗来迟，收到通知后的言硕立马变得忙碌起来，新书的连载也被提上了日程。

对于他的新书，应念间确实满含期待，从她知晓言硕要写言情文的那天起，她就比别的读者更加盼着他开新文。

而她自己在网上连载了大半年的《乙方吐槽》，也成了爆款漫画，陆陆续续有不少编辑上门约出版，筛选过后，她还是签给了高恒，用程菀茗的话来说就是：肥水不流外人田。

“念间，你暑假没什么事，多催催言硕发文，他的文案我都看了不下百遍了。”程菀茗打了个哈欠，困顿不已。

她暑假被高恒骗去公司当实习生，说好的一天画两张插画就放她下班，结果事情多到爆炸，根本没空画插画！她还天天被积极的高总编虐得死去活来，果真是应了应念间当初说的那句话：你实习期就该找个积极的领导带着。

“催着呢，我已经迫不及待要损他了，估计得等新书预售才能开坑吧，会策划的糟老头子精得很。”

记得有次她跟他在一起吃饭，宣传组连线言硕，全程就听见他们商量着如何如何刺激消费，如何如何获得最大利益。

顿时……她感觉自己和读者都是一群傻白甜。

“当编辑的糟老头子也坏得很，你敢相信吗，高恒连端茶倒水点外卖，复印打印倒垃圾都让我做，我的爱情好薄凉，像他不曾爱过我一样。”程菀茗痛心疾首地趴在桌上，丝毫没意识到身后站了个“糟老头子”。

高恒摆着张臭脸，阴森森地站在她背后，不知道电话那端说了什么，程菀茗继续吐槽：“我打算过两天买张车票偷偷溜回家……烂摊子就烂摊子呗，有高恒呢……啥？不会的，他，哎呀妈呀，你怎么站在别人背后偷听呢。”

程菀茗被吓得从椅子上滑下去，折腾了半天才从桌底爬出来。高恒捡起她的手机，看了眼备注。

“喂？‘盒子’，麻烦你转告下边禾，让他把我从黑名单拉出来。”

“好的，好的。”

“嘟——”她刚说完，那端就挂了通话，连句“拜拜”都没说。

“……”

应念间起身去厨房端了份早餐回房，原地伸展了下筋骨，坐回桌前继续画着《乙方吐槽》的番外，剧情是她跟言硕去年在西河市的烟火大会上见面的场景，言某人当时坏心思地想吓她，结果被她看穿了。

回忆起来真是不可思议，她那时竟然有胆子跟第一次见面的男生同睡一间房……

想曹操，曹操到。

伴随着阵阵铃声，手机屏幕跳动着她给言硕的备注：“小琼瑶”。

“你醒了？”应念间问道。

“醒了，昨晚到的学校。”

放暑假的前一段时间，言硕神神秘秘不知道在鼓捣些什么，应念间事后才知道是阿拉伯语课的老师要在暑假带他去游学。

“对了，刚才我跟程菀茗通话，高恒让我转告你，把他从黑名单里拖出来。”

“难怪一直提示你手机占线，过会儿拖吧，我先跟你说个事！”

“你说啊，我听着呢。”应念间把手机开了免提放在桌上，继续画着她的小番外。

“我今天 10 点更文，你一定要去看。”

这本书的开坑日本来是定在去年秋末，他想用文字阐述故事，向应念间解释清楚来龙去脉，结果后来阴错阳差他被迫自曝了马甲，书就一直缓到了现在。

后来被高恒催得受不了，他就直接把人拉黑了。

这一拉，就拉了大半年……

难怪高恒每次都用微博私信的方式跟他交流，他还以为是什么新的社交方式。

……

手机那端的应念间说话了：“好哦，我漫画过会儿也有更新，你一定要去看，不要转发！别给我加流量！”

“我现在转发是给你加流量吗？你扪心自问，明明是我在蹭你的流量！”

《乙方吐槽》的爆火程度比言硕第一本书的反馈还好，“盒子”的名气在这半年里，被推上了一个高峰，往常换季时的服装设计顶多接到一两家，现在一窝蜂全找了过来，应念间暑假接了不少单，平时也忙得很。

“你说什么就是什么，见面再聊，我先把这点儿画完。”

“你都不问问我有没有晒黑……”

“谁当年顶着正午的烈日出去捡瓶子？你连大腿都是冷白皮，还担心晒黑？”

言硕自从跟她在一起后，偶尔会拿错剧本作会儿妖，缠得她常常连事情都没搞清楚就点头答应，尝到甜头的男生屡试不爽，最后竟然还成了他的必杀技。

这会儿应念间察觉到言硕又准备作妖，及时打断了他。

“你还说你扒了我裤子什么都没看见！你有本事看我屁股，你有本事承认啊，你别假装没看见。”

“……”

只顾着防他作妖，没防住他脸皮厚。

应念间选择沉默，沉默是最好的防御武器。

言硕步步紧逼，给她乱扣帽子：“你就是觉得我单纯善良，容易骗，当代女大学生真是坏得很，专门欺骗我这种无辜少男。”

“你？你还单纯善良？”应念间被他一句句不要脸的话逼得心态爆炸，“当时我们俩第一次见面，你就跟我说，走吧，哥哥带你去开房！你忘了吗？我才是正经人家的姑娘，你在古代就是登徒子！”

言硕咧嘴一笑，捏了捏鼻梁：“我不是正在对你负责嘛，好了好了，乖乖乖，你早点画吧，我过会儿去蹲你微博。”

他昨晚赶回宿舍，碰上停水，没洗澡导致他一夜没睡好，跟应念间聊完，心情极好地把存稿设成预发，时间卡在上午 10 点。

打败言硕的唯一办法，就是比他还不要脸。

这点，应念间虽只学到了言硕的三层功力，但凭着嗓门大偶尔也能把他吼回去。

她清了清嗓子，继续画着漫画。

“咚咚咚！”她的房门被推开一条缝。

“念念，你刚才说什么第一次见面啊？什么开房啊？”

“……”

应念间脸颊迅速涨得通红，往常这个点爸妈早该上班了才对，否则她刚才也不会壮着胆子喊那么大声。

怎么今天妈妈还没走……

“我跟你爸是很开放，但你们年纪还小……懂吧？”应妈妈讪讪一笑，扬了下手中纸袋，“我去上班了，早上出门忘带文件了。”

“懂……什么？妈，妈不是。”

应念间追下楼只看见一缕汽车留下的尾气，她穿着拖鞋站在原地气得满脸通红，恨不得把言硕抓过来打一顿。

这漫长的暑假里还有三四十天要面对他们，太尴尬了！不然出去找个兼职吧……

应念间用凉水拍了拍脸颊，试图让自己清醒些，好不容易缓和了点尴尬的心情，坐到电脑前看见烟火大会的漫画剧情，尴尬的情绪又立即涌了上来。

她慌忙结束番外，传上了微博。

【@盒子：画一个跟言哥的小番外，看看就好 ~/ 图片 .jpg】

【烟火大会？今年轮到森宜市举办！“盒子大大”来看呀！】

【期待“盒子”今年来看烟火大会！】

【呵，一边蹭边禾热度，一边谈巨帅男友，只有我觉得“盒子”很绿茶吗？】

【楼上有事儿？来祖安区碰一碰？】

……

自从《乙方吐槽》更新以来，关于她一边蹭边禾流量，一边谈巨帅男友的话，经常出现在评论里，她不想把生活跟网络牵扯在一起，很少理睬此类评论，有时候看见难听的，就会直接拉黑删除。

她看了眼时间，打开了言硕所在的小说网站。

边禾属于大神级作者，待遇比其他作者好很多，刚点进网站，就看见首页上一个固定版块上挂着他的新书封面。

兴许是因为新书类型属于言情类，网站临时做的封面格外粉嫩少女心，应念间连续三次点进去又退出，反复确认了下是他本人写的，才硬着头皮点进小说首页。

言情文的文案向来写得甜腻，言硕一个大直男也不例外，不知道他是怎么憋出来的，应念间看完，直接羞到捂脸。

见惯他用些阴沉、狠厉的形容词，头一回见他柔肠百转。

就……有些人表面很严肃，其实背地里很软萌！

她反复看了几遍文案，十分肯定言硕的新书跟她有关，忍不住给言硕打了通电话确认。

言硕像是专门在等她的电话，才响铃一声就被接起，紧接着传来熟悉的声音。

“看完了？我写的言情带不带劲儿，甜不甜，厉害不厉害？我现在是个成熟的作者了，不仅写了大纲，还有存稿！你要是不想等更新的话可以贿赂作者，贿赂好了，一天三更我都顶得住。”

边禾不写大纲、不存稿是众所周知的事，应念间看得出他对这本书的态度非常认真，听着他自信满满的傲娇语气，她把原本想问的话憋了回去，她不想在此刻泼他的冷水。

“还没看完，才看了文案……”她硬着头皮说，“甜，内容写的是我们吗？”

“嗯，正文更甜！你刚才更新的漫画我看了，情节跟我明天更新的内容一样，想提前看吗？”

“想！”

“那你贿赂我。”

“？”

“见面亲我一下，爆更三章。”

应念间嘴角抽搐：“那我能亲到你存稿被掏空。”

“你可以挑战一下。”

言硕的无耻程度越来越高了，应念间甘拜下风。

“你看完第一章记得给我评价五颗星，我担心读者一下接受不了会来天天骂我，给我刷负分，那样高恒要找我麻烦了。”

“……”

言硕是一位写推理悬疑文的作者，多年积攒下来的读者全是看悬疑文的，他毫无征兆地开了本粉嫩小言情，读者多半接受无能。

应念间在好奇心的驱使下，带着言硕的委托，点开了正文。

可喜可贺的是，男女主的名字终于不是五颜六色了，不仅有名有姓，而且音调读起来还挺顺口。

“郑井仁？顾凉？”

“好听吗，你有没有发现什么？”

言硕迫不及待把他藏的小甜糖递到应念间嘴边，然而女生根本没察觉出来。

“我发现男女主 CP 名可以叫：冰凉的龙井虾仁。”

“？？？”

“不是吗？你再给我次机会。”

“不急，看到后面你自然会知道。”言硕突然想起有一件事他还没跟应念间商量，“我明天下午去学校旁听，你要不要一起？”

“可以啊。”应念间在看文，没仔细听他说的什么课，答应得异常爽快，刚想问清楚一点儿的时候，言硕就匆匆把电话挂了。

“……”

没了言硕在耳边打扰，她很快看完了第一章。

文笔还是一如既往的稳，变的是风格，字里行间散发着——男主很幸福的甜腻感。

不得不说，“小琼瑶”正儿八经写起感情戏也是很值得一吹的。

应念间切换到微博，迫不及待地想要帮言硕宣传新文。

热搜榜单上一个熟悉的词条立即抓住了她的眼球：#边禾新书#

词条旁边显示十几万人的浏览热度，不买热搜，不刷水军，边禾冲上热搜全凭他个人的实力，毕竟时隔大半年才开坑，着实让读者等得着急。

应念间点进词条，热门微博是几张截图，评论里不少读者在对作者的突然转型展开吐槽，有骂作者故意恶心人的，还有嚷嚷着要脱粉的。

仿佛一个写悬疑文的作者只能写悬疑文，如果不写悬疑文就等同于叛变，是要受到讨伐的。

当然，在一群头昏脑涨的读者中，也不乏有些头脑清醒的读者，可维护的话语被淹没在了茫茫脏话之中。

她想她明白了言硕之前那么热衷于帮转她漫画的原因，喜欢一个人时是会有冲动，想让全世界都见证他的好，见不得他的才华被淹没，也受不了他被人无脑地抨击。

那些他不在意的评论，在她眼中却像是一根根肉眼可见的银针，是实实在在戳在他脊背上的痛楚。

3

新文首发赶上新书预售，宣传组让言硕办次转发抽奖活动。

奖品的设定与众不同，也很大气，被抽中的人将获得一个满足心愿的机会，心愿将由作者亲自完成。

应念间在首页刷到了他举办的活动，秉着凑热闹的心态参与了抽奖。

动态刚转完，很快收到了言硕的评论。

【@边禾：你有什么心愿？】

【@盒子回复：暂无。】

楼层里的吃瓜群众来得极快，很快针对边禾特殊对待“盒子”产生了讨论的话题，楼层中分为好几个派系，为首的要数边禾的唯粉。

三方骂战的硝烟一直弥漫到第二天言硕爆更三章。

小说在早上 7 点更新，随着时间流逝，从沉睡中醒来的读者越来越多。

同时段看完小说的网友很快发现边禾的新章节跟“盒子”的新番外有相同之处，两个人都默契地提到了烟火大会、派出所、小偷等字眼。

一时间，网上众说纷纭，最具争论的猜测要数“边禾与‘盒子’”是情侣。

毕竟，烟火大会的盛况确实值得画手跟作者争前恐后当成有趣的梗，但两人同样写了派出所、小偷不得不让人怀疑他们曾经经历了同一件事。

这条猜测爆出来没多久，很快有人翻出了一条自称是“‘盒子’闺蜜 @ 橙子橙子”的动态。

当时程菀茗也不知道言硕和边禾是同一个人，为了避免二人被拉郎配，特地站出来替应念间澄清，谁知此事竟然成了彻底击碎了“边禾与‘盒子’不是情侣”的主要证据。

众人排除“盒子”与边禾无任何关系后，只剩下了最后一条猜测——边禾抄袭!

质疑的声音犹如冬日雪球，一层一层越滚越大。

燃了一夜的硝烟，又被挑事的有心人故意点燃。

不知情的两人约好了 9 点见面。

许久没见，言硕确实晒黑了，脸跟手臂产生了明显的色差。

应念间站在校门口的树下挥了挥手，言硕加快了步伐，离得还剩一米远时，他一把将她拉进怀中，低头吻上她的唇。

“来前爆更了三章，记得去看，烟火大会见到你时的心情都在里面。”

“心情？我猜猜，你肯定嫌弃我鞋子臭！”

言硕重重地“嗯”了一声，又急忙反驳：“不不不……没有，绝对没有。”他双手举过头顶，弯成一颗巨大的爱心，“你掉进马桶，我都……爱你呀！”

应念间扑哧一笑，拇指与食指捏成了爱心：“我也是呀！”

两个幼稚鬼互相比完，继续向前走着。

应念间忽然发觉时间有些对不上：“你不是说下午上课吗？早上我们去哪儿？”

“去趟办公室，待会儿你就知道了。”

夏日的校园一片葱绿，夹道树枝繁叶茂，顶端耷拉成一个拱形遮在小路上方，挡住了头顶烈日。

“喵——”附近传来阵阵凄厉的猫叫声。

应念间以为是幻听，她停下来又仔细听了一会儿，拉住言硕：“你听见猫叫了吗？附近好像有猫受伤了。”

言硕站定后听声辨认了下方向，率先迈着步子往花坛边的杂草走去，果不其然在草丛中发现了一只匍匐着的橘猫。

他拨开它身旁的杂草，它肥硕的身躯尽数暴露在外界。

也不知是谁将铁丝网丢进了草丛，害得橘猫的后腿卡在里面，铁丝紧紧缠着它的皮毛，勒进了骨肉，后腿被鲜血染湿了一片。

“看体型它平时的日子过得不错。”

“我先带它去医院。”

“我来。”言硕挡下应念间的手，抱起了橘猫。

“你不是要去办公室吗？”

“先去医院。”

两人打了辆车，匆匆赶往宠物医院，到了医院拍完片子，橘猫终于被送进了手术室。

在手术室外等待的过程中，言硕一会儿去交这个，一会儿去填写那个，应念间感觉无聊，调出了画图软件，把刚才遇到橘猫的画面绘成了线稿。

言硕交完费用回来，她正好将一张线稿画完，自豪地展示给他看：“你不是说我没送过你画吗？喜不喜欢？送给你。”

图上线条流畅，没有多余的装饰，只有一个男生抱着一只肥猫蹲在地上，橘猫的后腿被涂成红色，成为黑白色图片上的一处亮点。

“喜欢，发给我吧。”

“好。”应念间把图片导出用微信传给了他，转而望着紧闭的手术室大门，担心地问，“它不会要截肢吧？”

刚才匆忙挂的急诊，拍完片子直接将它送进了手术室，也没来得及问问腿部的情况。

等了半天，也不见出来，应念间的心等得七上八下，有点儿担心。

言硕保存图片，切换到微博，一边编辑动态，一边说：“不用截肢，不过后腿会落下终身残疾，看样子是流浪猫，没人领养的话估计会被送去宠物收容所。”

“唔……领养的话，我家不太可能，我父母他们有洁癖，你也有……洁癖吧，刚刚怎么还抢着抱猫？”

遥想他们第一次见面，她的鞋底无意中踩到了狗屎，言硕一路跟她保持距离，睡觉时还偷偷将她的鞋子放到了卫生间。

“不敢让你抱，怕它反扑挠伤你。”

应念间摸了摸他的头顶，语重心长：“崽啊，你长大了。”

“……”

“不然发条微博问问谁能领养吧。”

“我已经发了。”

【@边禾：捡到一只胖橘，西河市可领养的人私信我。】

附图是应念间刚画好的图片。

评论里的画风有些歪，注意力全在图片上。

【嗑过几天“双 He”，现在看边禾大大配的图都感觉是“盒子”画的，我瞎了……】

【黑白线稿网上多的是，别拉郎配了，OK？】

【我就在西河市！是边禾大大亲自递交吗？我来了！！！】

……

言硕点开私信排除了一遍，又让应念间筛选一遍，最终选了一个在西河市有居住房的粉丝。

橘猫刚做完手术，此刻被放在隔离箱里，应念间穿着防尘服，戴着口罩在里面陪它，言硕留在外面等橘猫的新主人。

粉丝接到私信后马不停蹄地赶到宠物医院，见到偶像本人，差点儿激动得说不出话来。

“你进去看看吧，它刚做完手术。”言硕问道。

“好的，好的。”粉丝疯狂点头。

偌大的观察室中，只有几只刚做完手术的小动物。

应念间不知跟小护士聊了什么话题，露在口罩外的眼睛弯成了月牙，亮晶晶的，见门口走进来一个陌生人，猜是橘猫的新主人，她迎了上去。

“你好！它的后腿痊愈后会有残疾，你不介意吧？”应念间问道。

“不介意，不介意。”

“它的东西我已经配齐了，你出去后可以直接签字领走，它就拜托给你了。如果以后不方便继续养，麻烦你私信边禾就好。”

“等下。”听着这嘱托般的口吻，粉丝还处于状况外，面前这个穿防尘服的女护士为什么说话的口吻像是在托付？猫不是边禾捡到的吗？

“有什么疑问吗？”

“您不是护士吗？”

“啊……不是，我是跟他一块儿的。”应念间笑着指了下玻璃墙外的言硕。

“我们这儿要是能招到那么漂亮的妹妹就好了。”一旁的护士替应念间打圆场。

“他，他，你？那个……”粉丝张口结舌半天，不知道如何形容现在这个场面。

边禾爆更的三章情节跟“盒子”画的番外撞梗，她八卦了一早上，以为是边禾痴心“盒子”，又顾及众所周知的“盒子”男友“言哥”，于是把“盒子”画的漫画全部改编成了小说。

可是现在，跟她说，边禾有女朋友？等同于击碎了她的所有猜测啊！

有女朋友还在网上撩“盒子”？渣男啊！

“没事，你直说好了，是想要他的签名吗？”

“姐妹，我悄悄提醒你一下，该放手时千万别迟疑，顺便搜搜他跟‘盒子’的事情吧！”粉丝暗戳戳地凑到应念间耳边，她也只能提醒到这儿了，希望这姑娘能听懂吧。

应念间有些想笑，摘下口罩：“我就是‘盒子’。”

“？？？”

“啊……其实漫画里的言哥就是他，不过当时闹了些误会，他瞒着我，我不知道他是边禾。”应念间看着粉丝迷迷糊糊的样子，怕她后悔，询问道，“你确定不要签名吗？那我就出去咯？”

“要！要！还想要你的！”

粉丝乐颠颠地尾随应念间出去了。

她来之前只是想着领养一只胖橘，顺便见下边禾本人长什么样，满足下作为粉丝的好奇心，结果没想到竟然被她意外挖到了八卦！她是全网第一个知道边禾跟“盒子”是情侣的人！

“双 He”是真的！

4

橘猫的腿伤耽误了些时间，好在时间尚且充裕，他们抵达教室时还空无一人，讲台旁的两台空调冷气打得十足，顶上还有几台风扇在悠悠地转着。

言硕作为旁听本该坐在讲台侧方，但考虑到应念间坐在空调底下会冻感冒，他还是远远地坐在了最后一排。

“你刚刚跟那个护士聊什么那么开心？”

“哈哈哈！她说称体重时，橘猫把小重量的秤给压爆了。”

“确实是胖，真不敢想象它的流浪生活过得多滋润，宜江大学不开养猪专业到底埋没了多少学子。”

“啊？”应念间夸张地捂着胸口，语气纠结，“那我们帮它安排住宿岂不是还耽误了它？”

“那倒不会，改天送那女生一本《养猪指南》。”

应念间听完又咯咯笑了起来：“橘猫的新主人真的好可爱，她还提醒我去网上搜一下你跟‘盒子’的爆料，然后我说我就是‘盒子’。”

“网上什么爆料？”

“不清楚，我去搜一下。”

不搜不知道，一搜吓一跳。

最新热搜：大神级作者边禾抄袭国际画师“盒子”。

这个爆料有模有样，爆料者还做了调色盘，把应念间的漫画截图与言硕的小说文字拼凑在了一起，用了几种颜色标记。

从剧情、时间线，再到人设，全都被圈起来。

应念间紧张地拉了下他：“你被爆抄袭了。”

“抄袭？”

言硕写了这么多年的文，还是第一次听到这个字眼，他有些迷惑：“抄谁？”

“我。”应念间指了指自己。

言硕挑眉，立即换上了一副严肃的表情：“你想怎么解决？我可以肉偿。”

“……”

“没有吸引力吗？”

言硕的大手覆在她的手背上，带领她隔着衣料抚上了自己的腹肌……

“这个时候你还在开玩笑！”

“没开玩笑，我不是正在跟被抄袭者商量赔偿吗？”言硕放开了她的手，双手交叉放在桌上，像极了谈判桌上的大佬。

“那你把手机给我。”应念间有些着急。

言硕乖乖交出了手机，她翻出微博，替他发了条动态。

【@边禾：初心始于原创，没抄袭@盒子。】

尽管不是专业的公关话术，但总比沉默要好。

抄袭一事，“盒子”作为被抄袭的一方不能上赶着为边禾澄清，不利于圈内风气，而且说不定会误导年轻粉丝认为抄袭无关紧要。

言硕撑着脑袋在一旁看着，心像是泡进了蜜罐，浸透了甜意，他才不管外界言语，如果不是应念间在意，搁平时他连看都不会看。

可他偏偏，好喜欢应念间帮他打理外界琐事，感觉被在乎了，心是满的。

看了一会儿，他有些狐疑：“情节一样的话，应该是证明我们曾经共同经历过啊，这不是显而易见的情侣关系吗，为什么会被定为抄袭？”

应念间刷着他微博里的评论，替读者辩白，顺便把时间线理了一下。

“你给我直播间刷礼物的时候引起了轰动，网友们说你想追求我，当时我们不是已经在交往了吗，但菀茗不知道你是边禾，她为了帮我解决这个尴尬，就把我们的聊天截图发上你的超话了，所以网友们都以为我们不熟，他们虽然知道我有个男朋友叫言哥，但不知道你就是言哥。”

“……”

说来说去，都怪他。

早爆马甲，不就什么事都没了吗？

“我从不看超话，不知道有这事儿。”

应念间托着脸：“我说你怎么不急不躁，原来是不知道啊，年轻人就该多冲浪，不刷动态很容易漏掉八卦的！”

“知道了，您老教训得是。”

教室里的座位渐渐坐满，应念间抬头看了眼逐渐满座的教室。

“你旁听的是什么课啊？”

她的余光瞥向斜前方桌面上展开的书本，密密麻麻的文字有些熟悉，待瞳孔聚焦在文字上，瞬间后背一凉，似是一阵阴风吹过。

授课老师穿着一件条纹衫，端着一个保温杯走进教室，他一眼就看见了言硕身边坐着个女生，应念间也看见了他，两人四目相对，女生迅速将头埋在桌上，她拉了拉言硕的衣服欲哭无泪。

“麻烦你下次提前告诉我课程名字啊……”

“告诉你，你就不来了。”

他倒是聪明！

回想起第一次陪言硕上阿拉伯语课时的情景，应念间还心有余悸。炎炎盛夏，她感觉浑身发凉，坐立不安。

“我还是出去等你吧。”

应念间猫着身子转了个方向，想趁老师不注意偷偷从后门溜掉。

言硕看穿了她的想法，稍微欠身，手臂绕过她胸下将她重新圈回座位。

“阿拉伯语课的老师挺喜欢你的，总是说让我带你见见他，你不会这么不给面子吧。”

“那下了课我再来见他！”

言硕不仅没听，反而手臂箍得更紧了：“你怕老师？”

应念间埋在桌上，双手遮住脸：“你好歹让我陪你上有中国字的课，一堆小蝌蚪你让我怎么帮它们找妈妈？万一，万一他再点我起来回答问题，我答不上来多丢人！”

言硕笑了，往她身边坐近了些，趁机亲了下她的脸：“旁听不需要回答问题，你想多了。”

“……”

言硕坚定的眼神像是给应念间打了一针镇静剂，应念间迟疑片刻放松下来。黑板上的几行天书看久了，她逐渐精神懈怠，被夏乏席卷了神经，撑不住自暴自弃地趴在了桌上。

平时下午她总是要睡上一觉，但言硕在身边，她不想浪费跟他相处的时间。

她钩着言硕的手指把玩，一根一根仔细摩挲着他指腹上的薄茧。

“言硕。”

课堂上，应念间刻意压低嗓音，比平时还要轻柔，听完耳郭像被猫尾轻轻扫过，挠得言硕心猿意马，他反手握住应念间的手揉捏几下，给了她一个“你说”的眼神。

“阿拉伯语课的老师看起来六十岁了，为什么还没退休？”

“可能是，在等我明年毕业吧。”

应念间一愣，揉了揉困顿的眼睛，清醒了一半：“去年，在迎新晚会之前，我听过一个关于你的八卦，说是校方栽培你的目的是让你留校，你该不会同意了吧？”

“同意了。”

“你是真的想留校吗？”

“想啊，”言硕怕她多想，解释道，“但我是自愿的，你言哥不乐意做的事，谁能逼我？是不是？”

阿拉伯语在小语种系中难度排第一，能学好的人并不多，校方聘请的人员能力太差，均不如老师的意，然而他年纪大了，总得找个接班人，去年瞧上了言硕，一直想把言硕带出来。

在没遇到应念间之前，对于老师给的留校建议，言硕其实一直还在考虑，可在应念间第一次陪他上课之后，老师又跟他聊了一次。

仔细想想，留校倒也不错。

“所以放假前你神神秘秘的，也是为了要留校吗？”

“放假前忙着提交留校申请，噢，今早审批下来了，想给你个惊喜来着，被胖橘耽误了。”

“……”这是惊喜吗？这是惊吓吧！

她之前也考虑过他们的未来，甚至想到言硕可能会回森宜市实习，那就意味着他们要有短暂的分别，再往后还考虑过要在哪个城市定居，反正两市不过一小时高铁的路程，算不得多远。

结果，他选择留校当老师……

“你是为了我留在西河市吗？”

“一半一半吧，另一半原因是我祖籍在西河市，要不是被你扒掉裤子，我也不会离开，家人早想回来了。”言硕说完耳朵有些泛红。

应念间听了，激动地抱住他，一激动声音不自觉地大了。

“太好了！我还在想以后住哪座城市。”

……

“咳咳！”一阵年迈的干咳声顺着话筒传了出来。

两个在底下窃窃私语的人，同时看向了讲台上的老师。

老师手中的教棍在二人之间来回指了指，警告他们好好听课，然后写了几行板书又转过来。

“上到名言这节课，阿拉伯语里有句是：许诺如负债，到时必须还。希望在座各位，任何时候都不要忘记这句。”

他自然知道言硕答应留校是因为那个姑娘，他在任职的几十年里见过太多诸如此类的事。

热恋期因为脑热做出的承诺，只能代表那刻的喜欢是真的，只能代表彼此也曾因为信仰爱情而想将灵魂归宿于爱。

但轰轰烈烈后，后悔也是有的。

归根结底，言硕是他的得意门生，他盼着他们能够永远，老师咂咂嘴，朝应念间竖了个大拇指。

应念间遮着嘴巴，低声问言硕：“他为什么表扬我？”

“可能是在挑衅你。”

“？”

“一般人上他的课三分钟就能睡着，你撑到现在，他很佩服你，想跟你再战两节课。”

“……”

一听就是想诓她陪他上完课，应念间才不信：“那下节课他要是找我，你就跟他说我认输，连夜扛着火车跑了。”

“下节课就走啊？这恐怕不行，我下节课跑不了，助教的工作就是旁听。”

“你之前被他带着游学也是这样吗？”

“嗯，偶尔帮他上课。”

应念间听完趴在桌上，一想到她此刻经历着的是言硕游学时经历过的事情，顿时觉得格外有参与感。

或许以后的某天，言硕也会像老师这样，站在讲台上，写着苍劲有力的板书，喝着……

“言硕，我提前给你买个保温杯吧，还有……条纹衫？老师好像都挺喜欢条纹衫的，程序员好像喜欢格子衫，你们男生对职业难道有什么统一的服饰吗？”

“现在转行来得及吗？”

一想到条纹衫，言硕觉得，老师这个职业，貌似并不太适合他！

“老师刚说了，许诺如负债。”

“我不喜欢穿条纹衫，就……”言硕指了指眼睛，“有时看颜色，像是黑白色，穿上我会觉得自己像个斑马。”

应念间心地善良，往常言硕卖卖惨，她立马就会妥协，言硕屡试不爽，这次却意外地翻了车。

“太好了！那你以后要是欺负我，我就把你柜子里的衣服全换成条纹衫！”

“……”

“你是魔鬼吧。”

5

下课后，言硕在跟阿拉伯语老师讨论事情，应念间一个人无聊坐在座位上玩着手机。

原以为网上关于边禾抄袭的流言蜚语，只需要边禾亲自发条动态，她再用“盒子”微博转发，这事就算过去了。谁知没过半天，又演变出了另一个版本，还是程菀茗打电话告诉她的。

“他们说是边禾砸钱把你从言哥身边撬走了，说你是见钱眼开的女人，怕被粉丝骂，所以劈腿之后的漫画剧情，一直让边禾顶着言哥的形象出现的……”

“？”

“听懂了吗？就是说你现在跟边禾勾搭上了，劈腿踹掉了言哥！连我的微博都沦陷了，我的天！原来八卦扒到自己身上，是这么刺激！”

程菀茗躲在公司的休息室里，背着积极的高总编偷偷煲电话粥，时不时地还朝门口张望几眼，担心高总编会像上次那样突然出现在她身后。

“有这脑洞自个儿写文吧，还看什么边禾的小说啊！”

“就是嘛！看了那么多本小说，好不容易要站对一次CP，结果被他们骂成抄袭，完了现在又劈腿，”程菀茗说得口干舌燥，起身给自己冲了杯咖啡，“奇奇怪怪。”

她端着咖啡一转身，高恒直愣愣地站在她的身后，吓得她手一抖，咖啡杯落地碎成了几片，洁净的地板上染上了一片褐色。

听着那端动静，应念间皱着眉头：“你上班开小差又被高总编逮到了？”

“嗯……”

高恒从程菀茗手中抠出手机，放在耳边：“通知边禾，让他直播开奖。”

说完把手机还给程菀茗，走出了休息室。

“念间……我太难了！”

“我也好难，他俩最近为什么突然通过我来传达事情了，难道言硕又把高恒拉黑了？”

“不是，高恒说，言硕只听你的话，你说的比他说的管用。”

“……”

遇上言硕这种龟毛作者，高恒这些年确实辛苦了。

而现在，这副重担就转移到了她的肩膀上。

比如此刻。

“我不会直播，你帮我开吧。”

上一秒在老师面前成熟稳重的高才生，下一秒就枕着她的手臂装睡。

应念间扯着他的脸颊：“小心你以后柜子里全是条纹衫。”

言硕叹了口气，无奈地从她胳膊上离开，调出手机上的直播软件放到了她面前。

“上次为了看你直播下载了一个，但我不会用。”

“先在设置里上传资料，然后下个录屏软件。”

流程明明简单上手，言硕说不会是假的，应念间看出他懒得弄，所以填完资料后的流程几乎都是由她亲自上手弄完的。

“好了，点开直播会自动分享一条链接到你的微博，你先等人数多一点儿再开奖。”

言硕看了眼桌上的手机：“那他们现在看的是什么？我要举起手机对着哪里吗？”

“不用，你是录屏直播，他们看的是你的手机页面。”

“噢——”言硕意味深长地点点头。

录屏不用出境，却能听见声音。

他们两人的对话顺着话筒传到了观众的手机里，几名粉丝迫不及待地追问言硕身边的女生是谁。

言硕看了眼弹幕，关于“陌生女孩”的身份被猜测得扑朔迷离，说什么的都有。

“我女朋友。”

开播以来，不只是直播间的投屏静止，他本人在现实里也处于静止状态，冷不丁听他冒出一句话，应念间迅速贴了过去。

“你说点别的！”

“‘盒子’是我的女朋友。”

“？”

不光是应念间缓缓敲了个问号，直播间的粉丝们一听到边禾跟“盒子”真的是情侣关系，立马沸腾起来，几方粉丝在直播间撕得硝烟四起。

【？？？？“盒子”劈腿边禾是真的？】

【小说跟漫画相同的情节是他们俩共同经历的吗？？？】

【之前她闺蜜不是站出来说“盒子”有男朋友，然后给边禾发了好人卡吗？】

【课代表解释一下？？】

【边禾就是言哥！我可以证明啊啊啊啊，我是课代表！我私下见过他们！橘猫为证！】

……

“不是劈腿，不是撬墙脚，严格来说我们已经认识十多年了，《番外》里的言哥确实是边禾，但情况比较乱，就……我当时也不知道他是边禾。”

眼见弹幕几次刷到卡屏，应念间及时出来澄清。

“具体的事情经过，去看新书《她扒我裤子》。”言硕趁机为自己的新书打了拨广告。

应念间双手给他比了个“赞”，有些人的成功绝非偶然，太机智了，澄清谣言都能被他逆转成大型安利现场，不愧是边禾。

说完，言硕征询应念间的意见：“我能开奖了吗？”

“开吧。”

言硕切换到微博，页面中，只见他的手机屏幕一闪而过。

言硕找到抽奖后台，点击自动抽取，一串眼花缭乱的名字在眼前快速飞过，几秒钟后缓缓地停了下来。

系统自动为他分享了一条抽奖链接。

【@边禾：恭喜@盒子用户，获得奖品：满足一个愿望。请点击以下链接，查看详情……】

【我人傻了。】

【这是什么绝美爱情？抽个奖也能抽到自家女朋友。】

【今天是CP粉的狂欢！】

……

与直播间的沸腾不同，应念间被有生以来的第一次好运砸蒙了。

“真的没有要满足的心愿吗？”

她转发微博时，言硕问过她一次，她说没有。

应念间以为这个奖励是有时效性的，连忙抱住他。

“有有有……你先下直播，我再说。”

“还害羞？”言硕笑了一声，按下主屏幕键，页面退回到桌面，大大咧咧地将先前几次一晃而过的壁纸展示在直播间里，“怎么下播？”

【“盒子”害羞还要被他反问！！我天！我太吃这类型了，直男式可爱。】

【背景好熟悉，像我大学宿舍。】

【不管你们信不信，反正我相信边禾绝对是故意把壁纸亮出来虐狗的！】

应念间凑过去看手机，看见他已经退到了主屏幕上，壁纸有些眼熟。

她举起了手机凑近看，壁纸是一张画质模糊的照片，照片上的两个人只有侧脸，不难看出场景是宜江大学的男生宿舍。

查寝时的画面记忆犹新，应念间发现前面被捂住眼睛的女生是自己！

看角度，拍摄者是在宿舍内，而当时宿舍里只有——姜寿司！

应念间脸红到耳朵：“查寝时你就喜欢我了？”

“我们可以下了直播再讨论。”她脸皮薄，言硕善意地提醒她。

【啊啊啊啊啊啊啊，妈妈不许你们私下讨论！】

【把位置发一下，我也想参与讨论。】

【讨论事情必须有我键盘侠在场，我打字超快，可以帮“盒子”评理。】

……

应念间在一片抗议中关掉了直播间。

言硕停留在主屏幕上的时间太久了，久到他的壁纸已经被截了无数次屏。

截图被发到网上后，有眼尖的网友跳出来证明这是宜江大学的宿舍，范围被缩小到大学，一下子容易多了。不一会儿，小语种系言硕跟设计系应念间的资料就被扒了个底朝天，传得最广的还要数言硕当初利用宿舍灯光向应念间告白的视频，成了众女生心目中的告白模板。

谁能想到写感情戏那么狗血的作者，现实里竟然那么甜！果然当初还是没有经验啊！一旦遇到了喜欢的人，别说告白了，买个红薯都能给她玩出花样来。

“说说心愿？”

傍晚的天空被热浪熏得脸红，同样脸色红扑扑的，还有少女的容颜。

应念间：“想 @ 你官宣。”

言硕弯着眼睛，嘴角的笑意藏都藏不住：“终于可以光明正大蹭女朋友的流量了。”

“那我发了？”

“嗯。”

6

澄清谣言配合官宣脱单，边禾的知名度又升了一番，图书公司开会时，几个部门代表针对边禾的热度展开讨论，试图将利益激发到最大，他们一致建议边禾办场签售会。

高恒身为言硕的编辑，自然接下了这个重担被派去游说作者。

“现在是开签售的好时机，有热度有销量，你还是考虑下吧。”

“写文属于幕后，我不想暴露在大众视野中。”

“你上次直播被人扒得内裤都不剩，还想躲在幕后？做梦呢，开学后等着被粉丝围堵吧。”

“你担心的事情不会发生的。”

“好！那我让‘盒子’劝你。”

两人在电话里你攻我守，不相上下，高恒被他逼急了，又想去搬救兵。

“不必了，她肯定会尊重我的决定。”

高恒举着手机在办公室里走来走去，拿不下边禾，等于后续的安排都没法推进，他揉了下脸。

“这样吧，签售地址你亲自决定，我听说森宜市8月底办烟火大会，你可以考虑一下。”

去年的烟火大会在西河市，应念间被偷了钱包，不仅没看到烟火，反而还跟他在派出所度过几个小时。

回想起当时的情景，她坐在长椅上露出的失望，强撑着努力微笑的神情，言硕忽然觉得心中像被针微微扎了一下，不深，却足以让他回过神来。

“森宜市，挺好的。”

“成！答应了就不许反悔，过会儿我把合同发给你。”

隔着玻璃墙，程菀茗看见高恒做了个“胜利”的动作，嘴角抽搐着给应念间发消息吐槽。

【程菀茗：高恒把我整疯的同时，他自己也疯了。】

应念间近期找了间工作室兼职设计师，看见程菀茗的消息，笑出了声。

【应念间：你俩疯疯癫癫到天涯。】

【程菀茗：？？？】

【程菀茗：看在我终于嗑对边禾小说 CP 的分儿上，就不找词汇骂人了，恭喜你沾了他的光。】

【应念间：还有几天就月底了，你快熬到头了。】

【程菀茗：哦对！刚才我看高恒的口型，好像是要帮言硕办签售会！】

言硕不是一天火起来的，他已经成为大神级作者许多年了，想办签售早几年就该办了，总该不会等到现在才办吧。

傍晚，言硕来接她下班，主动告知签售会的事。

“我 8 月底在森宜市签售，你到时有空吗？”

她在工作室兼职的截止日期是 8 月 29 号，不知道言硕签售会是哪天，她没敢一口应下：“你签售是哪天？”

“30 号。”

“有空，正好我兼职到 29 号。”

签售当天，托了烟火大会的福，队伍足足排了上万人，言硕为了不耽误晚上带应念间去看烟火大会，签了一天没停歇，落了个“敬业”的好口碑。

应念间上午还能坚持帮他翻书，到了下午，整个人累瘫在一旁。有几个读者胆子颇大，拿着言硕的书跑来找她要简笔画，渐渐地，她面前也排了好长的队。

简笔画不比签名，应念间画一个，言硕能签三个。

她惨兮兮地看向言硕，收到信号的男生当即放下手中的笔走过来帮忙遣散粉丝。

……

下午 4 点，言硕在闭馆前签完了最后一本书。

应念间一个健步冲过去帮他按摩肩膀。言硕稍微活动了一下麻木酸胀的肩周，顺势牵住她的手，浑身疲惫尽扫。

“走吧，去看烟火。”

“不看了。”应念间拦着他，她亲眼看着他签了一天的书，写了上千次笔名，要多辛苦就有多辛苦，“明天在网上找视频吧。”

“你真以为我想来森宜市签售？”

“……”

言硕宠溺地捏着她的脸颊：“我期待了好久，你陪我去呗。”

“真是拿你没办法。走吧，去晚了就没位置了。”

兴许是第一次的烟火大会过于盛大，森宜市的民众为了一睹盛况也来得颇多，四面八方的车辆全部驶向同一个目的地，不知堵了多久，他们才终于抵达。

言硕像是提前来过一样，熟门熟路地牵着她走进了一栋大厦。

二十层的大厦顶端是一个露天天台，言硕在签售会之前特意来场地勘察过地形，问了附近居民才知道天台的位置。

知道烟花场地附近有天台的人很少，登上去应念间才发现这里只有他们。

底下的街道点起了一盏盏灯火，放眼望去零星点点促就了一片金色的海洋。

“夜景好好看！你是不是提前来过？”

言硕点头：“我担心来迟了没位置。”

“说实话，我挺想看的，去年的烟火大会，我蹲在路边等你，只能听见烟花燃放的声音，特别羡慕别人，更羡慕别人不会经历倒霉事。”

“那我的好运都给你。”

言硕深情地凝视着应念间的双眸，屏息慢慢靠近，就在他的嘴唇快要触碰到她的那一刻，耳边接连炸响了几簇烟花。

烟火大会开始了。

十六道金黄的烟火冲向天际，并排绽放，映得大地犹如白昼，烟花绽放后落下的花瓣璀璨夺目。

待到最后一朵花瓣消失，天空暗了下来，全世界静谧无声。

“言硕。”

“嗯？”

“郑井仁家的顾凉，是吗？”

“嗯。”

他答完，又有几十道烟火同时冲出，重新将黑夜点亮。

五颜六色的烟花叠在一起，闪闪发光，黑夜成了一块幕布，它们自由绘画。

天台上的一角，两人在最浪漫、最值得纪念的日子里烙印下彼此的痕迹，他们的身后是流光溢彩的烟火，映得周身美丽。

【全文完】

我、喜、欢、你，
听清了吗？
I like you

图书在版编目（CIP）数据

你就仗着我喜欢 / 又绵子著. -- 石家庄 ： 花山文艺出版社，2021.5
ISBN 978-7-5511-5568-7

Ⅰ. ①你… Ⅱ. ①又… Ⅲ. ①长篇小说－中国－当代
Ⅳ. ①I247.5

中国版本图书馆CIP数据核字(2021)第037611号

书　　名：你就仗着我喜欢
NI JIU ZHANG ZHE WO XIHUAN
著　　者：又绵子

统筹策划：张采鑫
特约编辑：雪　人　廖唯佳
责任编辑：卢水淹
美术编辑：胡彤亮
责任校对：董　舸
装帧设计：颜小曼　西　楼
封面绘制：大　水
出版发行：花山文艺出版社（邮政编码：050061）
（河北省石家庄市友谊北大街330号）
销售热线：0311-88643221/29/35/26
传　　真：0311-88643225
印　　刷：长沙鸿发印务实业有限公司
经　　销：新华书店
开　　本：880×1230　1/32
印　　张：9.125
字　　数：205千字
版　　次：2021年5月第1版
2021年5月第1次印刷
书　　号：ISBN 978-7-5511-5568-7
定　　价：39.80元